POCHES ODILE JACOB

LE GOÛT DE VIVRE

DU MÊME AUTEUR

CHEZ ODILE JACOB

Des paradis plein la tête, 1994 ; « Poches Odile Jacob », 2000.

Le Prix du bien-être. Psychotropes et société, 1996.

La Force de guérir, 1999 ; « Poches Odile Jacob », 2001.

Les Jardiniers de la folie, 1999 ; « Poches Odile Jacob », 2000.

Édouard ZARIFIAN

LE GOÛT DE VIVRE

Retrouver la parole perdue

Odile Jacob
poches

15, RUE SOUFFLOT, 75005 PARIS

www.odilejacob.fr

ISSN : 1621-0654

ISBN : 978-2-7381-1907-0

Je dédie ce livre à l'Espoir,
la plus belle création du genre humain.

Remerciements

Je remercie pour sa confiance Odile Jacob, dont la généreuse énergie et l'enthousiasme convaincant m'ont apporté un précieux soutien dans les moments difficiles de l'écriture.

J'exprime ma gratitude à Jean-Luc Fidel pour son aide précise, pertinente et amicale dans la révision du manuscrit.

J'associe Françoise Zarifian à tous les moments de la rédaction de ce livre, pour sa participation irremplaçable.

Je rends enfin grâce à Justine pour le soleil que son rire apporte dans notre maison.

Avant-Propos

Pendant près de quarante ans, j'ai écouté des gens qui venaient me parler d'eux. Ces face-à-face m'ont persuadé que chaque homme est avant tout une histoire vécue d'une manière unique dans la plus totale subjectivité, que personne ne peut la raconter de la même manière. Parce que la façon dont nous vivons les événements de notre existence et dont nous percevons les paroles qui nous sont adressées entre en résonance avec notre monde intérieur, lequel s'est façonné au fil du temps grâce aux échanges continuels entre nous et les autres. Voilà ce qui fonde notre spécificité d'être humain unique, qui peut entrer en relation de manière dynamique avec la subjectivité d'un autre, lui-même unique.

Cette dimension qui nous caractérise, c'est notre psychisme, ce que nous avons de plus intime et qui me semble irréductible à toute approche objectivante. C'est grâce à lui que nous avons une représentation qualitative de nous-même et des autres. Calculer mentalement la somme de trois plus cinq, ouvrir une boîte de conserve ou lire le journal mettent en jeu des fonctions cérébrales à peu près identiques chez tous les hommes. Vous et moi possédons ainsi des outils cérébraux communs qui nous permettent d'effectuer de nombreuses opérations d'analyse, de synthèse, de déduction, en un mot de raisonnement. Mais votre psychisme et le mien sont totalement différents, ce qui explique que, confrontés au même événement, nous puissions lui attribuer une valeur subjective, qualitative radicalement opposée et éprouver des sentiments très différents.

Face à la souffrance, celle que certains d'entre nous éprouvent de façon spécialement aiguë sous l'effet de circonstances exceptionnelles, mais surtout celle que nous éprouvons tous un jour ou l'autre – la perte d'un amour ou l'échec d'une ambition, la maladie qui envahit, l'âge qui vient, la déception, l'ennui persistant –, quels sont nos recours ? Accuser les autres et faiblir ? Nous en remettre à des recettes miracles ou à des traitements mécaniques ? Gémir, haïr, nous plaindre à l'infini ?

Dans ce livre, je m'appuierai principalement sur ce que ma vie personnelle m'a permis de mieux comprendre. Beaucoup plus que sur des références scientifiques. Car c'est la vie, mon existence personnelle et mes expériences de praticien, en situation professionnelle, qui m'ont appris à comprendre le psychisme, à mieux en tenir compte, bien plus que le savoir livresque. En retour, cette expérience, au fil de dizaines de milliers de consultations et d'échanges nombreux avec des collègues, s'est aussi tissée de lectures, enrichies par la pratique. C'est pourquoi les quelques références bibliographiques que je proposerai au lecteur seront des livres que j'ai rencontrés, qui ont compté et que j'ai aimés. Parce qu'ils résonnaient en moi.

Il est très difficile aujourd'hui de parler de psychisme, de se pencher sur sa réalité, sur la manière de l'étudier, de le comprendre ou d'alléger sa souffrance sans avoir à rendre des comptes à la médecine, qui réduit la souffrance à la douleur, aux neurosciences, qui réduisent l'homme à son cerveau, ou bien encore à la psychanalyse.

La vie psychique dans son contenu est strictement individuelle et se caractérise par les dimensions qualitatives et subjectives qui fondent nos différences. Ce qui vous indigne ou ce qui vous offense ne correspond probablement pas à ce qui suscite en moi des sentiments identiques. La vie psychique de chacun de nous, même si elle est rendue possible par le fonctionnement d'un cerveau vivant, ne peut être conçue, étudiée, évaluée, modifiée par les neurosciences, leurs outils et leurs modèles.

C'est la psychanalyse qui, au fil du temps, a permis de concevoir comment notre psychisme s'élaborait dans l'interaction avec les autres, comment il fonctionnait dans ses différentes instances conscientes ou inconscientes, comment il souffrait et comment il pouvait aussi par un travail personnel de décryptage de ses messages cachés nous permettre d'atteindre une plus grande sérénité. Certains psychanalystes ont pu laisser croire qu'ils s'intéressaient à un psychisme sans cerveau, suscitant la réprobation des neurosciences, de même qu'il existe aujourd'hui des tenants des neurosciences qui défendent la conception absurde d'un cerveau sans psychisme, confondant – délibérément ou non – le psychisme avec le fonctionnement neuropsychologique de cet organe.

Platon disait que « le temps est l'image mobile de l'éternité immobile ». La science a-t-elle fait avancer notre connaissance du temps ? Étienne Klein, physicien renommé et spécialiste du temps, affirme : « Le temps est une "chose" introuvable dont l'existence ne fait pas de doute. Une “chose” dont tout le monde parle mais que personne n’a jamais vue[1]. » Le psychisme, notre psychisme, est de la même nature. C’est une « chose » introuvable sous les microscopes ou les caméras, seraient-elles à positons, mais son existence ne fait aucun doute, car il s’exprime à nous et aux autres avec une force considérable. Il ne peut se révéler que grâce à notre parole et il ne peut être « entendu », c’est-à-dire décrypté quant au sens qu’il contient, que par le psychisme d’un autre être humain.

Défendre l’idée d’un psychisme qui ne peut s’exprimer que par la parole et qui ne peut être abordé que par un autre psychisme, ce n’est pas faire du psychisme un concept immatériel, revenir à l’« âme » au sens métaphysique. Il faut deux cerveaux humains vivants pour que l’échange se produise. Aujourd’hui, et sans doute pour longtemps encore, aucun appareil, aucune technique ne peut donner accès au contenu qualitatif, subjectif et au sens symbolique que vous attribuez à la notion de liberté ou de vérité. Ce contenu vous appartient en propre. Il est différent de celui que j’attribue à ces notions ; et la seule manière d’éclairer ces différences entre nous serait d’en parler ensemble. Certes, nos cerveaux se modifient et fonctionnent. Ils se modifient d’ailleurs mutuellement, mais d’une manière qui échappe à la portée des outils d’investigation scientifique. En revanche, nos échanges de paroles sont parfaitement efficaces pour avancer dans la connaissance réciproque de nos psychismes.

C’est sur ces bases que j’entends, lecteur, vous inciter à redécouvrir la parole si souvent perdue, celle qui fait de nous des humains, celle qui, inscrite en nous, est notre seule voie pour sortir de la souffrance. Celle qui nous redonne le goût de vivre.

CHAPITRE PREMIER

La souffrance psychique

Notre existence psychique présente des aspects multiples et des formes d'expression innombrables à nos propres yeux et à ceux des autres. Elle possède aussi des ressorts subtils et des cheminements compliqués qui nous demeurent en général parfaitement cachés. Pourtant, si on s'interroge sur ce qui anime de la manière la plus élémentaire qui soit notre vie psychique, on s'aperçoit que l'on recherche le plaisir, ce qui est agréable, et que l'on vise à atteindre ce but idéal qu'on appelle le bonheur. Si elles se parent de vertus, d'altruisme, de générosité, nos actions, nos pensées tendent vers le plaisir au sens très général du terme ; à l'inverse, on s'efforce d'éviter ce qui peut susciter en nous de la peine, du malheur, de la souffrance. La difficulté, c'est que vivre ne procure pas toujours une existence où ne régnerait que le plaisir. Nous rencontrons nécessairement, chaque jour, des situations réelles, symboliques ou imaginaires qui créent des conflits entre nos aspirations au plaisir et l'impossibilité de l'atteindre. La souffrance naît de notre capacité plus ou moins grande à accepter cette déception, à composer avec le réel et à nous adapter à la situation que nous vivons, même si elle ne correspond pas à notre idéal. Ce qui provoque en nous plaisir ou souffrance naît des relations que nous établissons avec des personnes, des situations, des événements, des idées, des objets auxquels nous attribuons une valeur affective – donc symbolique – ou qui sont la source d'une attente. On appelle communément cette relation une relation d'objet. Nous vivons son résultat selon qu'elle est conforme ou non à notre désir en termes de gratification ou de frustration. Désir, gratification, frustration : ces mots s'appliquent indifféremment à la confrontation au réel, à l'imaginaire et au symbolique. De surcroît, ces trois instances ne sont pas totalement dissociables.

Le désir peut être physiologique ; il peut traduire un besoin et constituer une confrontation au réel. La faim, la soif, le besoin sexuel chez l'homme, s'adressent à un objet du réel, mais qui est le plus souvent enrichi par le symbolique et l'imaginaire. On désire tel mets, telle boisson, telle personne. Les affects, les fantasmes, le sens humanisent le désir physiologique et rendent compte de l'histoire de celui qui désire. Le désir peut ne pas être physiologique et ne pas correspondre à un besoin. Il concerne alors des représentations symboliques ou imaginaires. Les désirs de pouvoir, de reconnaissance, de notoriété, d'amour sont de cet ordre. L'absence de satisfaction engendre une frustration, qui est source de souffrance, alors que sa réalisation procure du plaisir.

Ces objets de désir sont susceptibles de provoquer de la souffrance s'ils paraissent hors d'atteinte ou si on les perd. L'existence est une longue histoire de pertes d'objets, qui impose une reconstruction perpétuelle, c'est-à-dire un réinvestissement de valeur dans de nouveaux objets. La perte entraîne un état psychique pénible, dit de dépressivité, qui est un processus normal de la souffrance psychique. La dépression avérée est précisément l'échec de ce processus[1]. Le réel s'impose parfois de manière brutale et incontournable en nous privant d'une relation d'objet fortement investie. Le deuil en est un exemple majeur. Le principe de réalité nous amène à accepter le réel grâce à un processus de cicatrisation qui demande du temps avant que la souffrance s'atténue. Nier le réel, refuser l'évidence de la perte ne sauraient perdurer, sauf de façon pathologique, et le compromis consiste parfois à établir un lien fantasmatique avec l'objet perdu. « Nous ne t'oublierons jamais. »

Au cours de l'existence, les relations d'objet sont multiples, ou plutôt les formes qu'elles peuvent prendre sont diversifiées en apparence. En réalité, il existe trois grandes motivations : le sexe, le pouvoir et l'argent. Si ces objectifs ne sont pas sublimés, c'est-à-dire transformés par le symbolique et l'imaginaire, leur quête exclusive réserve une existence assez pauvre, assortie d'une grande vulnérabilité à l'échec. Certains cyniques ont pu dire que l'argent suffisait pour acheter le sexe et le pouvoir. L'argent ne peut cependant pas acheter l'amour, le rêve ou l'intelligence, mais cela ne tente peut-être pas grand monde.

Quelles que soient les circonstances, la souffrance psychique naît du fait de ne pouvoir obtenir l'objet du désir ou de l'avoir perdu. Pour lever toute ambiguïté, il me faut maintenant bien différencier la douleur de la souffrance.

La douleur physique, le corps et le réel

Douleur physique et souffrance psychique ne doivent pas être confondues, même s'il existe des liens entre elles. La douleur est une sensation physique, associée à une émotion pénible et désagréable d'intensité variable. Elle est liée à un dommage organique. La douleur est un phénomène individuel, qui ne se partage pas avec autrui, et qui se propage du lieu même de la lésion corporelle vers le cerveau en suivant des voies nerveuses dont nous connaissons les relais chimiques. Le seul traitement possible est médical.

L'étymologie montre des cheminements intéressants. *Dolor* désignait en latin aussi bien la souffrance physique que morale. Le deuil ajouté à la douleur engendre la tristesse et les condoléances sont le partage de la tristesse de celui qui vit un deuil. « Avoir mal » fait référence à la maladie et au Malin qui n'apporte rien de bon. « Peine », qui était à l'origine un terme juridique désignant le châtiment d'une faute ou d'un crime, a évolué vers le sens de douleur physique, comme en témoigne l'expression « souffrir grande peine ». En anglais, le mot douleur est d'ailleurs *pain*.

La douleur physique intéresse le médecin qui s'en fait raconter le point de départ, la localisation exacte, les irradiations, l'évolution, la chronologie, l'intensité et la nature. Il est des douleurs typiques de la pathologie de certains organes et les étudiants en médecine apprennent la description de la douleur au cours de l'ulcère gastrique, de l'infarctus du myocarde, du zona ou de la crise de goutte. Le malade utilise des métaphores pour décrire sa douleur : brûlure, écrasement, striction, broiement, « coup de poignard », etc. La médecine est parfois sinistrement imagée dans ses descriptions.

La très grande douleur physique sidère le psychisme et la pensée. Elle ramène terriblement au réel quand on n'est plus qu'un corps et un cri. À l'inverse, René Leriche a pu dire que la santé, c'était « le silence des organes ».

Face à la douleur physique de l'autre, aucun partage n'est possible. On ne peut ressentir sa douleur comme on pourrait partager sa souffrance psychique. La douleur est strictement individuelle, alors que la souffrance psychique peut être collective comme au cours d'un deuil. La seule attitude face à la douleur de l'autre est d'ordre physique ou médical. On est totalement dans le réel : « Allonge ta jambe, mets-toi sur le côté, veux-tu de la glace, ou une bouillotte... » Le médecin prescrit un médicament qui va atténuer ou faire disparaître la douleur. L'automédication antalgique est également très répandue et constitue un marché commercial très important.

On ne peut aider ou soulager quelqu'un qui ressent une douleur physique en lui disant qu'on l'aime et qu'on le plaint. Il n'en va pas de même dans la souffrance psychique. C'est cependant de manière délibérée que les caractéristiques propres à la douleur physique ont été aussi nettement séparées de la souffrance psychique. La douleur peut engendrer de la souffrance, mais l'inverse n'est pas possible, excepté dans un cas particulier.

Il existe des douleurs physiques que de très nombreux spécialistes connaissent bien et qui ne sont pas liées à la lésion d'un organe. Rhumatologues, cardiologues, gynécologues rencontrent des gens qui souffrent authentiquement alors que la cause de leur douleur ne semble pas décelable par les méthodes d'investigation habituelles. Aucun organe, aucune localisation douloureuse ne sont épargnés. Ces douleurs, comme celles qui sont liées à des pathologies organiques, peuvent être aiguës ou chroniques. Des lombalgies persistantes, des maux de tête récidivants, des douleurs articulaires ou viscérales peuvent perturber sérieusement la vie quotidienne. Ces douleurs sont authentiques même si leur cause n'est pas organique. Elles traduisent une souffrance psychique qui s'exprime de manière analogique avec la pathologie du corps et on les appelle « psychosomatiques[2] ».

Si la souffrance psychique s'accompagne d'angoisse, alors des symptômes inquiétants peuvent apparaître. C'est par exemple la crise aiguë d'angoisse qui simule un infarctus du myocarde ou la douleur crânienne violente avec parfois élévation de la pression artérielle qu'on peut prendre de prime abord pour un anévrysme cérébral en voie de fissuration. De manière beaucoup plus banale, toute douleur physique notable peut être associée à une souffrance psychique, car nous fabriquons, à partir de cet élément réel, des représentations tributaires de nos constructions, symboliques et imaginaires, qui ne s'organisent pas autour du plaisir. La douleur physique a comme point de départ une composante sensorielle et on la perçoit grâce à des voies nerveuses spécialisées.

La composante cognitive de notre pensée va permettre de traiter de manière rationnelle cette information grâce à un discours objectif. « C'est encore une récidive de ma hernie discale », « Je recommence une crise de goutte. » C'est quand on est confronté à une situation inconnue que la souffrance psychique apparaît, car les constructions imaginaires et symboliques vont fabriquer de la peur. « Est-ce grave ? Mon père qui est mort d'un infarctus avait la même douleur... Qu'est-ce que je peux bien avoir ? »

La troisième composante de la souffrance est comportementale et émotionnelle. Elle conditionne l'attitude que l'on donne à voir aux autres : mimique, plaintes, prostration, etc.

Une douleur dont la cause est connue et bénigne n'entraîne pratiquement pas de souffrance psychique. L'histoire suivante en témoigne. J'ai connu un homme qui était cantonnier dans un village. C'était un travailleur acharné, consciencieux, « dur au mal » et qui ne ménageait jamais sa peine. Lorsqu'il travaillait à la serpe pour tailler des haies, il lui arrivait de se blesser de manière profonde et il s'étonnait en riant de mon souci de désinfecter sa plaie et de la panser. Il donnait l'impression de ne pas sentir la douleur. Un jour, cet homme s'est fracturé la cheville. Après avoir été correctement soigné, il tardait à reprendre la marche sans appui, prétextant douleur et faiblesse dans la jambe. Son caractère s'était modifié : il n'envisageait pas de pouvoir reprendre son travail. Chez lui, il était taciturne ou faisait part de ses craintes de ne plus jamais « être comme avant ». Le chirurgien n'avait aucune explication car la fracture était parfaitement consolidée. La récupération fonctionnelle aurait donc dû être excellente. J'étais peiné par son état et nous avons eu une longue conversation. J'ai découvert que mon ami, qui avait quitté l'école avant l'âge de dix ans pour travailler dans des fermes, n'avait aucune idée de ce qu'était une fracture, une consolidation, un cal osseux. Ce qui échappait à son regard devenait une mystérieuse fragilité interne et les représentations qu'il avait d'un os ayant la fragilité du verre le terrorisaient. Le simple fait de s'appuyer sur un pied qui avait été fracturé semblait, pour lui, comporter le risque d'une récidive catastrophique.

J'ai entrepris à l'aide de schémas et de ses radios de lui expliquer ce qu'était un cal osseux, comment l'os avait complété le travail du chirurgien et pourquoi ses craintes étaient sans fondement. Mon ami, après m'avoir écouté très attentivement en posant des questions pertinentes, est reparti en apparence soulagé. Huit jours plus tard, il avait repris la marche et bêchait son jardin avec entrain. Comme je le complimentais sur sa vigueur retrouvée, il s'exclama en me montrant sa cheville : « Plus solide qu'avant ! » La souffrance psychique liée à des représentations erronées avait disparu.

Même si la douleur physique est susceptible, en fonction des circonstances et du contexte, de s'accompagner d'une vraie souffrance psychique, ses caractéristiques, qui l'inscrivent totalement dans le corps, la différencient radicalement de cette dernière.

La souffrance psychique au cours de l'existence : supporter ou subir ?

On ne peut y échapper : la souffrance psychique est l'un des éléments qui caractérisent notre existence. Elle est la conséquence des rapports malheureux qui se tissent dans certaines circonstances ou à certains moments de notre vie entre les événements du réel, la valeur affective et le sens qu'on leur attribue, et les transformations apportées par notre imaginaire. Dans d'autres circonstances, ces interactions conduisent au bonheur. Or nous avons la capacité cognitive d'en comprendre les causes et d'en pondérer les effets. Pourquoi alors s'en priver ? On sait que tout ne peut pas se réduire aux raisonnements logiques, que le symbolique et l'imaginaire sont irrationnels et que souvent on ne peut éluder le réel. Rester passif n'apporte pourtant aucun changement, alors qu'une attitude délibérément active peut atténuer l'intensité de la souffrance.

Cette attitude consiste, pour échapper à l'accablement, à ne plus être uniquement le sujet de sa souffrance (je souffre, je me sens mal), mais à la considérer comme un objet d'interrogation. Pourquoi cette situation, cette attitude de l'autre, cette parole me font-elles tant souffrir ? Cette posture obéit à un mécanisme psychologique connu qui, par distanciation, permet de trouver une possibilité d'action sur les raisons de notre souffrance. L'importance que j'attribue à cet échec est-elle bien fondée ? Pourquoi renoncer à comprendre ce qui m'arrive ? Quand il s'agit de souffrance pathologique, la décision personnelle d'entreprendre une psychothérapie est de cette nature et repose sur la même démarche. Du reste, sans cette prise de recul, cette volonté de devenir sujet de sa souffrance, l'aide psychologique restera vaine. Le rationnel doit venir au secours des excès douloureux du symbolique et de l'imaginaire sans nier leur importance ni prétendre les supprimer.

La souffrance psychique et les mots pour la dire

Dire sa souffrance psychique, pour celui qui souffre, n'est pas plus facile que de la définir. Les aspects qualitatifs et subjectifs de la souffrance nécessitent des périphrases, des analogies ou des métaphores pour être exprimés. Pourtant, chacun sait de quoi il s'agit pour l'avoir personnellement éprouvée. La souffrance a des degrés d'intensité variable. L'existence quotidienne nous réserve ainsi des événements au cours desquels nous connaissons des états modérés de souffrance psychique que l'entourage ne peut déceler sauf s'il est très proche. Ces états n'entravent en rien le cours de la vie. Il est en revanche des états intenses, comme ceux provoqués par certaines pertes, mais qui n'altèrent pas durablement les activités habituelles. Enfin, dans certains cas, non seulement l'intensité de la souffrance psychique est très marquée, mais elle est plus durable, souvent extériorisée par des affects anxieux ou dépressifs exprimés comme tels. C'est le cas du deuil. C'est cette forme de souffrance psychique, celle qui peut être atténuée par la présence et la parole de l'autre au sein d'un échange, qui sera envisagée ici parce qu'elle peut servir de modèle. On n'abordera donc pas les états pathologiques avérés où la souffrance psychique est particulièrement intense et durable, organisée autour des symptômes des troubles anxieux ou des dépressions caractérisées et qui relèvent de la médecine. Ces tableaux cliniques altèrent gravement l'existence quotidienne et ne sont pas compatibles avec les activités habituelles. On conçoit cependant qu'il est souvent difficile de distinguer ce qui est pathologique de ce qui ne l'est pas et qu'il est parfois abusif de transformer la souffrance en maladie, car les formes d'aide sont différentes.

Exprimer sa souffrance passe exclusivement par la parole. C'est toujours sa propre histoire que l'on raconte et les maladies du corps n'échappent pas à la règle. Marie-José Del Volgo[3] a bien montré ce que contenait réellement la plainte somatique du malade pour qui sait l'entendre.

La souffrance a peu de mots pour s'exprimer en dehors des situations où un événement du réel en est responsable. Les pertes, les deuils, les circonstances matérielles ou les conflits avec un responsable désigné se prêtent à des récits transmissibles à un tiers. C'est plus difficile lorsque les raisons sont intimes, secrètes ou inconscientes. Il est des causes à des souffrances psychiques importantes dont l'expression n'est pas socialement recevable. La perte d'un animal de compagnie fortement investi affectivement donne lieu à des deuils secrets et à des rituels cachés. La souffrance est pourtant bien réelle.

La souffrance psychique est vécue à la première personne du singulier. Elle est éprouvée comme faisant partie de la vie psychique même du sujet. La souffrance ordinaire est un sentiment comme l'amour ou la haine. La douleur physique qui est ressentie est une sensation, tandis que la souffrance pathologique avec son cortège de symptômes devient une émotion visible aux yeux des autres.

Au cours des siècles, la souffrance psychique habituelle a pu être confondue avec des états plus différenciés dans leur mode d'expression qui privilégiaient des affects tristes, des difficultés à agir ou des entités qui relèveraient aujourd'hui de la médecine. L'acédie monastique serait peut-être appelée de nos jours anxiodépression. Le chagrin, la peine, l'ennui gardent une actualité. Le *taedium vitae* ou le spleen désignaient sans doute, à des époques différentes, le même genre de souffrance, mais la nostalgie a changé de sens.

Finalement, les expressions de la souffrance psychique occupent les niches construites par le discours culturel du moment. Les remèdes à la souffrance psychique se sont constitués selon des idéologies qui perdurent toutes puisqu'elles appartiennent à l'histoire de l'humanité. La philosophie, qui affiche son amour de la sagesse parmi les hommes, a développé des écoles de pensée diverses, censées apporter les recettes du bonheur par des conseils de conduite individuelle.

Les religions ont développé des mythes désignant un Dieu tout-puissant susceptible d'apporter la paix de l'âme si l'on suit leurs préceptes, et si l'on communique avec lui par la prière.

Aujourd'hui, la médecine (et l'idéologie scientiste) en raisonnant par analogie avec les maladies du corps a étendu son domaine à la souffrance psychique ordinaire qui se voit traitée comme les maux de tête par l'aspirine.

Les psychothérapeutes qui, en principe, ne s'intéressent qu'au psychisme, et pas seulement lorsque la souffrance est pathologique, tentent désormais de faire entendre leurs voix qui sont aussi diverses que leurs théories et leurs pratiques. Les psychothérapeutes ont toujours existé, de tout temps et dans toutes les cultures. Certaines méthodes peuvent privilégier le corps pour agir sur le psychisme et l'apaiser. D'autres sont centrées sur la parole et le sens qu'elle peut avoir pour le sujet qui exprime, avec ses mots, son histoire personnelle. La psychanalyse en est l'exemple le plus élaboré. Enfin, des techniques, comme les thérapies cognitivo-comportementales, fondées sur l'examen des cognitions, des comportements et des raisonnements jugés erronés sont réservées aux traitements de certaines pathologies comportant des symptômes altérant gravement la vie quotidienne.

Le deuil, modèle de la souffrance psychique

La souffrance psychique est souvent consécutive à une perte réelle, symbolique ou imaginaire. De surcroît, comme on le sait, ces trois éléments sont toujours liés à des degrés divers. Il n'existe aucun objet du réel, aussi banal soit-il, qui ne soit pas investi d'une part de symbolique et d'imaginaire.

Le deuil d'une personne aimée est le modèle d'une perte qui suscite en nous une souffrance psychique importante. Attention, ce n'est pas une pathologie mentale et, même si son expression est souvent très marquée, elle se différencie clairement des aspects les plus sévères de la dépression que l'on nomme mélancolie.

C'est Sigmund Freud qui, le premier, a comparé de façon approfondie deuil et mélancolie[4]. Le deuil, considéré comme un stress majeur, a des conséquences biologiques, psychologiques et sociales. Il évolue normalement vers une adaptation aux changements que la perte a produits, mais il peut se compliquer ou devenir pathologique. Une synthèse exhaustive de ces différents aspects, rendant compte de l'intérêt suscité par le deuil en psychopathologie a été publiée récemment par Marc-Louis Bourgeois[5].

La souffrance psychique ressentie au cours du deuil après la mort d'un proche connaît une évolution assez stéréotypée. La première phase est un véritable choc qui peut se manifester par une sidération. Le lien avec la personne perdue, les circonstances de la disparition, la brutalité de l'événement, qui peut faire passer sans transition de la réalité de la présence à celle de l'absence définitive, jouent sur l'intensité du choc initial. La deuxième phase est marquée par le refus du réel, les protestations, les interrogations, l'incrédulité. Se développent alors des manifestations émotionnelles diversement extériorisées selon les individus et les cultures. L'absence est vécue comme insupportable ; parfois des idées de mort s'imposent et l'équivalent d'un état dépressif s'installe, accompagné de culpabilité, de regrets, de tristesse, d'insomnies, d'épuisement. Les rituels liés aux cérémonies, les échanges sociaux, les formalités administratives diverses sont souvent vécus de manière automatique, puis arrive une phase de grande solitude où l'on prend conscience de l'irréversibilité de la disparition.

Le « travail de deuil » commence alors pour durer normalement environ un an, terme au-delà duquel on récupère. On s'adapte au changement, tandis que de nouveaux investissements et des projets deviennent envisageables. L'évocation du disparu redevient possible sans susciter automatiquement des réactions émotionnelles. Il s'agit là d'une description très schématique des phases successives d'un deuil habituel dans les circonstances normales de l'existence.

Dans certains cas, le temps du travail de deuil se prolonge et certaines caractéristiques ne lui permettent pas de se terminer. Tels sont le décès d'un enfant, d'un parent ou d'un conjoint avec qui le lien était exceptionnellement étroit, un décès par suicide ou par la faute d'un tiers, par homicide ou encore lorsque le corps du disparu n'a pu être retrouvé et que les rituels n'ont pu se dérouler.

Toute perte d'un être avec qui les liens affectifs étaient très forts constitue symboliquement la mort d'une partie de soi-même. Nous existons aussi dans la vie psychique de l'autre et sa disparition entraîne aussi un peu la nôtre.

La langue anglaise qui utilise moins que le français les métaphores et les périphrases possède des mots précis pour désigner les composantes du deuil. *Bereavement* est la perte. C'est l'objet qui a disparu et qui laisse un vide. *Grief* correspond au chagrin, aux émotions affichées et aux sentiments éprouvés. *Mourning* concerne les comportements sociaux et les rituels qui suivent le décès comme l'enterrement et les cérémonies des obsèques qui l'entourent.

Le deuil tel qu'il vient d'être décrit est le prototype de la perte d'objet et les sentiments que l'on éprouve à cette occasion peuvent se retrouver, dissociés et avec une intensité en règle bien moindre dans toute perte d'objet.

La souffrance psychique par perte d'objet

Une relation d'objet peut s'établir avec des entités réelles, des personnes ou des objets matériels auxquels on donne un sens et auxquels on accorde une valeur affective comme la maison de son enfance, mais aussi avec des entités symboliques ou imaginaires parfaitement abstraites comme une responsabilité élevée ou un espoir important. Dans tous les cas, la disparition de l'objet constitue une perte qui entraîne une souffrance psychique. Elle est d'intensité variable selon les circonstances, mais elle s'apparente – même si c'est souvent de très loin – au deuil. Un simple déménagement qui fait abandonner un territoire longuement occupé et sur lequel des événements de vie multiples se sont déroulés peut entraîner une certaine souffrance jusqu'à ce que les nouveaux locaux soient investis à leur tour. Curieusement, il faut environ un an, comme dans le travail du deuil, pour se sentir de nouveau « chez soi ». Le départ à la retraite chez ceux qui ont investi leur activité professionnelle de manière quasi exclusive et qui n'ont pas préparé de projets de substitution peut s'avérer être une perte d'objet aux conséquences pénibles sur la vie psychique.

Inutile d'énumérer les innombrables situations qui constituent des pertes d'objets réels, symboliques ou imaginaires. Chacun pourra plonger dans son expérience personnelle et constater que, à des degrés divers, toute perte entraîne une souffrance psychique, surtout si elle n'est pas remplacée rapidement par un nouvel investissement. Moins la dimension affective est importante et plus la perte est anodine ou facile à remplacer. Abandonner ou être abandonné par un ustensile domestique qui accuse sa vétusté ne cause aucune souffrance, surtout si on le remplace par un autre qui sera plus moderne. En revanche, perdre un animal de compagnie cause une peine qui n'est pas atténuée dans l'immédiat par l'achat d'un animal de substitution.

L'expérience de la perte d'objet débute très précocement lorsqu'on est bébé. À l'époque de la relation symbiotique avec la mère, toute séparation d'avec celle-ci est vécue comme une perte dangereuse et génératrice d'angoisse. Tout objet de plaisir (tétine, jouet) échappant à la main de l'enfant reproduit en miniature cette perte d'objet et ouvre à la découverte et à l'apprentissage d'une certaine forme de souffrance psychique. Plus tard, l'abandon par l'être aimé ou tout simplement la séparation, même transitoire, avec ceux qu'on aime ravivent ces expériences du début de l'existence et provoquent de la souffrance.

Toute perte induisant un changement dans l'équilibre des composantes psychiques nécessite une adaptation au changement et impose d'aménager de nouveaux repères et de nouvelles relations d'objet. Comme dans le deuil, la période de mutation s'accompagne d'une souffrance qui va s'atténuer et disparaître, plus ou moins selon les circonstances, avant l'instauration d'un nouvel équilibre.

La souffrance, quand elle est très marquée, (selon l'importance que l'on attribue à sa cause), modifie les rapports avec nous-même, avec les autres et avec certaines relations d'objet. Nous ne serons plus « comme avant » lorsque nous aurons vécu certaines souffrances psychiques. Personne ne souhaite connaître la souffrance psychique et nous essayons en général de l'éviter lorsque c'est possible. Malheureusement, les circonstances s'imposent bien souvent à nous, mais notre souffrance est toujours porteuse de sens et nous éclaire sur nous-même et sur les autres. Autant tirer un bénéfice de cette expérience, car si la douleur est insensée la souffrance peut vouloir dire quelque chose qu'il ne faut pas manquer d'entendre. En cas d'épreuve, on tirera toujours bénéfice de cette phrase attribuée à Nietzsche : « Tout ce qui ne m'a pas tué me rend plus fort. »

L'intensité de la souffrance que l'on éprouve après une perte mesure la force du lien de dépendance que nous entretenions avec l'objet disparu. Dans certains cas, on peut, après réflexion, considérer que cette dépendance était légitime, voulue, bénéfique et accepter l'idée que notre souffrance est adaptée et justifiée. Dans d'autres, l'examen de la force du lien qui nous attachait à l'objet disparu fait apparaître une disproportion entre le réel et l'objet qui a été en fait idéalisé et magnifié par notre imaginaire. C'est vrai, qu'il s'agisse d'une personne qui nous déçoit, d'un ami qui nous trahit ou d'un amour qui nous quitte. Il ne s'agit pas d'un mécanisme de défense psychologique primaire qui aurait pour finalité une simple consolation. Il s'agit d'une mise à l'épreuve du réel de l'objet perdu qui apparaît tel qu'il était et pas tel que nous l'avions construit. Cet exercice nous apprend beaucoup sur nous-même, sur la nature de l'idéal que nous poursuivons et il s'avère riche pour l'avenir.

La souffrance psychique par manque d'objet

La perte d'un objet réel, imaginaire ou symbolique fortement investi peut entraîner une souffrance psychique, qu'il s'agisse d'une personne vivante, d'un aspect narcissique de sa propre image comme la beauté, ou d'un pouvoir qu'on a réellement exercé. Mais l'objet, tout aussi fortement investi, peut être un objet du désir. La relation est alors attendue dans le futur. Elle est fantasmée mais n'existe pas encore. Quand l'attente se prolonge, le manque crée la souffrance. Il s'agit bien d'un manque et non d'un besoin renvoyant à l'absence d'un objet du réel. Le besoin peut être physiologique (la faim), utilitaire (une somme d'argent précise). Le désir est ici secondaire et l'aspect symbolique, affectif ou imaginaire est mineur. Dans le manque, l'objet désiré n'est pas encore obtenu ou apparemment impossible à obtenir. C'est ce qui crée la souffrance. Il existe bien un rapport avec la perte d'objet, car toute perte définitive entraîne un manque, mais c'est celle d'un objet déjà investi antérieurement. La souffrance peut aussi naître de l'idée que l'objet investi pourrait être perdu un jour. Cette perspective entretient la souffrance et anticipe la nostalgie de l'objet perdu.

La psychanalyse s'est intéressée au manque, en particulier à travers le thème de la castration symbolique. À partir de Freud, on a développé l'idée que la vie psychique se développerait pour les garçons autour de la peur de la perte de leur pénis et pour les filles de l'inquiétude liée à son absence.

Le manque ne se réduit pas à l'attente pénible d'un objet à venir dans le futur. L'idée que, dans le passé, un manque est intervenu par rapport à un idéal symbolique peut conduire à une souffrance morale qui s'exprime par le regret (« J'aurais dû ») ou le remords (« Je n'aurais pas dû »). La perte et le manque qui en résulte peuvent être associés au présent. Si autrui porte atteinte à l'image que l'on a de soi, à celle que l'on donne aux autres ou à certains éléments de notre identité intime, cela peut créer une grave souffrance, comme la honte ou l'humiliation. Le manque, enfin, n'est pas toujours où on l'imagine. Les comportements de séduction sexuelle constituent un bon exemple à cet égard. La finalité est moins la jouissance sexuelle que le pouvoir exercé sur le désir de l'autre, la jouissance de la domination. Les séducteurs et les séductrices vivent mal leurs échecs qui les renvoient à l'intimité de leur narcissisme plus qu'à la déception d'un désir sexuel non satisfait. Pour eux, vieillir est souvent une catastrophe, car la capacité de séduction s'émousse. Mais ce qui est fondamentalement en cause ici, ce n'est pas la sexualité, c'est le pouvoir sur l'autre. D'ailleurs, beaucoup de séductrices, pour des raisons plus de domination que d'utilité, s'intéressent surtout aux hommes de pouvoir et d'argent. D'un certain point de vue, on peut se réjouir qu'une industrie soit née pour prolonger la jeunesse, la beauté et la forme, et permette d'exercer plus longtemps son pouvoir.

Souffrir avec l'autre

Nous vivons en interaction avec nos semblables et la souffrance psychique n'est pas seulement individuelle. L'empathie est la capacité de percevoir les sentiments éprouvés par l'autre sans forcément les partager. La sympathie, au contraire, le « souffrir avec », permet de communiquer avec l'autre en partageant ce qu'il éprouve. C'est une véritable attitude de solidarité qui traduit l'appartenance et l'existence d'un objet relationnel commun.

Au sein d'un couple ou d'une famille, le deuil d'un proche crée les conditions d'une souffrance collective qui resserre encore les liens du groupe et renforce son identité. Les valeurs qui fondent la singularité d'une institution, d'une communauté et même d'une nation rassemblent ceux qui les composent et les rendent solidaires face à toute atteinte à ces valeurs. La souffrance partagée par tous est malheureusement illustrée au quotidien dans l'actualité nationale et internationale.

La souffrance psychique est parfois telle que le besoin de la communiquer à l'autre devient impérieux. « J'ai besoin de vous parler, cela me ferait du bien. » C'est en racontant sa souffrance à un tiers choisi, ami ou thérapeute selon les circonstances et la nature du besoin, que l'on peut donner à celle-ci, une fois mise en mots, sa vraie place, sa dimension et la situer dans sa propre histoire passée, présente et à venir. Elle prend alors un sens dans notre existence. Pour ce faire la présence de l'autre est nécessaire, simplement sa présence en tant qu'être humain capable d'écouter. Même s'il demeure silencieux, cela n'a pas tellement d'importance. Car silencieux ne veut pas dire inerte. La plainte a une fonction de communication qui permet le partage, l'apaisement, la consolation. François Roustang a été très critique à l'égard de la fonction de la plainte[6] qui n'est pas, à l'évidence, le seul moyen de résoudre sa souffrance. Il a bien montré qu'il existait trois sortes de plaintes qu'il a nommées locutoire, illocutoire et perlocutoire. La première énonce sans transmettre d'affect. Elle correspond à un déficit de l'affect qui existe chez certaines personnes et qu'on appelle « alexithymie ». Il n'y a rien à attendre de l'autre en pareille circonstance. La deuxième provoque une mobilisation affective qui peut rester au stade de l'empathie. La troisième entraîne une réponse affective et mobilise la sympathie. Ce constat doit nous pousser à analyser la manière d'énoncer notre souffrance à l'autre et à comprendre que son attitude est largement influencée par la nôtre.

La question de notre attitude à l'égard de la souffrance de l'autre appelle deux remarques à propos de la torture. La torture psychique est beaucoup plus efficace que la torture physique. Face à la torture physique, fondée sur la douleur, on sait que certains ont sacrifié leur corps pour protéger la vie des autres et n'ont jamais parlé. En revanche, il est beaucoup plus difficile de ne pas parler quand on subit des humiliations, des atteintes profondes à sa dignité et à ses valeurs. C'est encore plus difficile de le faire quand on voit ces humiliations infligées à des proches ou quand ceux-ci sont témoins de celles que l'on subit. Ce sont d'ailleurs les tortures psychiques qui sont actuellement utilisées dans les conflits modernes centrés sur l'identité sexuelle, la dignité et les valeurs religieuses. Comme les sursaturations sensorielles (bruit, lumière), la privation des repères spatio-temporels ne laisse pas de traces physiques aux yeux des observateurs des organismes internationaux. Quant au bourreau, toute empathie à l'égard de la victime lui est impossible. Il est dans une logique du savoir-faire sans presque de « pensée » ou d'émotion. Le bourreau doit faire de sa victime une chose et n'avoir aucune communication empathique avec elle pour pouvoir accomplir son œuvre. Il doit couper tout lien d'humanité. La victime qui parle à son bourreau risquerait, par la parole, de refaire de lui un être humain en le ramenant à sa vie psychique. Une victime qui s'adresse à son bourreau court le risque d'une mise à mort immédiate. Les jeux sado-masochistes sexuels sont une fiction de la torture où il existe une dissociation de la douleur physique et de la souffrance psychique. Le désir vient autant de la « victime » que du « bourreau », puisque la finalité est le plaisir partagé. La même cause si elle est voulue ou si elle est subie ne produit pas les mêmes effets.

La propension à confier sa souffrance à celui qui peut l'entendre dans le but de l'atténuer connaît une exception : le secret. Il est des souffrances qui ne peuvent être atténuées par le partage, comme celle du deuil d'un enfant. Il s'agit toutefois là d'une souffrance inguérissable et non d'une souffrance inavouable. Au contraire, le secret est inavouable à celui qui pourrait le partager, car le lien de proximité, affectif par exemple, empêche le partage au risque de se perdre soi-même. Certains gardent ainsi des secrets, certes lourds à porter, mais qui font partie intégrante de leur moi, de leur identité. Livrer ce secret serait créer une véritable hémorragie psychique qui mettrait en grave danger la distinction entre soi et les autres. Seuls les psychotiques ne peuvent garder les secrets vitaux. La délivrance de la souffrance liée au secret ne peut se faire qu'en en parlant à un professionnel du psychisme, assujetti lui-même au secret, et qui garde une neutralité à l'égard de celui qui se livre ainsi.

On ne peut enfin évoquer la perspective de souffrir avec l'autre sans aborder les aspects théologiques de la souffrance. La compassion se retrouve dans la religion chrétienne et dans le bouddhisme. Elle ne signifie pas sympathie, c'est-à-dire souffrir avec l'autre, mais soulager sa souffrance. La compassion médicale est mise en application dans les centres antidouleur et lors des accompagnements de fin de vie.

La douleur physique est une anomalie, une pathologie du fonctionnement d'un organisme malade. Elle n'a aucune finalité positive en dehors d'être un signal d'alarme qui attire l'attention sur un danger menaçant le corps. Une fois la cause identifiée, la douleur physique, à tous les âges et dans toutes les circonstances, doit être traitée médicalement pour la faire disparaître. Le dolorisme qui attribuait une valeur rédemptrice à la souffrance est un contre-sens d'interprétation de la Bible, où cette théorie n'a jamais été défendue. Les errements de la vie monastique avec les mortifications corporelles en usage jadis confondent délibérément ou inconsciemment la réalité de la mort de Jésus avec sa symbolique pour justifier des pratiques sado-masochistes bien éloignées des textes sacrés.

Lorsque Lamartine écrit : « L'homme est un apprenti, la douleur est son maître / Et nul ne se connaît tant qu'il n'a pas souffert », il ne fait pas allusion à la douleur physique, mais à la souffrance psychique inéluctablement liée à l'existence humaine et dont il vaut mieux tirer profit que de la subir en aveugle. La souffrance psychique peut être énoncée, atténuée par le partage (ce qui ne veut pas dire faire sienne la souffrance de l'autre). Il importe d'en décrypter le sens et de la constituer en expérience personnelle plutôt que de bâillonner médicalement la parole qui l'exprime.

Les pertes d'objet liées à l'amour et à la mort

Les souffrances psychiques les plus intenses sont sans doute dues à la perte des objets liés à l'amour, à la jeunesse et à la vie. On a vu ce qu'il en était du deuil d'un être cher. Quand il s'agit de sa propre vie, la souffrance liée à l'annonce de sa mort prochaine évolue selon les mêmes phases que pour un deuil. L'annonce de la nouvelle provoque choc, refus, incrédulité, dépression, acceptation et résignation. C'est pourquoi les témoins et les soignants ne supportant pas ce spectacle, qui les confronte à l'échéance de leur propre mort, pratiquent le déni, l'escamotage ou bien utilisent les stupéfiants à hautes doses pour éviter de se poser des questions. La mort est pour nous désormais un scandale. Elle fait injure aux promesses de bonheur éternel et de bien-être à la portée de tous grâce à la consommation. Elle offense l'illusion de toute-puissance créée par la médecine et la science. Indécente, la mort doit rester cachée et, même en cas de guerre ou de catastrophe civile, on cultive le mythe du « zéro mort ». Autrefois, on mourait chez soi. Les proches se rendaient « au chevet du mourant » qui partait « entouré par les siens ». Le riche laboureur de La Fontaine qui sentait venir sa mort faisait venir ses enfants pour leur exprimer ses « dernières volontés ». On léguait les secrets de famille, le numéro du coffre, de sages recommandations. Aujourd'hui, on meurt seul, au petit matin, sur son lit d'hôpital entre deux barrières métalliques. Seuls les murs entendent le « dernier soupir ».

Cette intense souffrance liée à la peur de la mort explique les dérobades fréquentes des proches face à celui qui meurt. On se rassure et on se donne bonne conscience en demandant : « Il n'a pas souffert au moins ? » S'agit-il de douleur physique ou de souffrance psychique chez celui qui s'est peut-être senti abandonné au dernier moment ? Heureusement, une prise de conscience a conduit à organiser ce que l'on appelle désormais les « soins palliatifs », forme moderne et médicalisée d'accompagnement de la fin de vie qui redonne de la dignité au mourant. Des équipes, souvent admirables par leur engagement lucide, dispensent des actes médicaux et apportent une part d'humanité qui fait que même la mort peut avoir du sens. Solidarité, passage, transmission peuvent accompagner le mourant. L'euthanasie qui suscite un débat toujours ouvert, car il est très complexe, apporte un éclairage nouveau sur la liberté de chacun face à la qualité de son existence et sur sa tolérance à la souffrance psychique.

Une autre perte inéluctable est celle de sa jeunesse. Si on a pu dire que « la vieillesse est un naufrage », c'est aussi une succession de petits deuils intimes, des capacités qui disparaissent une à une et définitivement avant la disparition finale. L'âge est aussi une suite de deuils de ses investissements, de ses illusions, de ses amis… Il y a heureusement d'autres manières de voir la vieillesse, qui peuvent procurer de grands bonheurs inconnus dans la jeunesse, comme de nombreux exemples nous le démontrent. Encore une fois, se laisser accabler par le réel, c'est oublier les prodigieux pouvoirs du symbolique et de l'imaginaire.

La dernière perte d'objet susceptible de procurer une grande souffrance psychique est liée à l'amour. Nous sommes organisés au plan psychique pour aimer et être aimés. Ne pas y parvenir est sûrement une souffrance importante. Perdre l'objet de son amour en est une plus grande encore. Retrouver un autre amour est la seule reconstruction possible pour un psychisme qui s'est trouvé comme amputé d'une partie de lui-même. Encore faut-il s'entendre sur ce qu'on appelle amour. Certains n'ont jamais réussi à aimer qu'eux-mêmes ou, par peur de l'abandon, à ne jamais s'engager dans un authentique échange d'amour. La littérature, beaucoup plus et beaucoup mieux que la psychologie, a su rendre compte de tout cela. Nous verrons néanmoins comment l'amour naît de la rencontre entre le réel, le symbolique et l'imaginaire.

La souffrance psychique et la parole

Parler n'est pas une question de mots. Cela met en jeu tous les moyens de transmettre du sens, de l'intention, par la prosodie, la gestuelle, la mimique, les silences. C'est donc par simplification que le mot « parole » est utilisé pour condenser ces moyens d'échange entre les êtres humains.

Puisque c'est l'échange de parole qui fabrique le psychisme, c'est aussi la parole qui constitue la souffrance psychique. Elle permet de l'évacuer comme de la soulager. Si je veux faire connaître à l'autre ce qu'est ma souffrance psychique, il faut que je la lui raconte avec mes mots, lesquels contiennent un sens qui m'est propre, et se réfèrent à ma seule histoire de vie. La parole de l'autre peut apaiser ma souffrance, mais elle peut aussi me blesser ou me tuer. Une parole suffit parfois pour porter atteinte à l'image qu'on a de soi et de son identité.

Aujourd'hui, la médicalisation de la souffrance psychique est souvent une tentation, car on en fait une « chose » comme s'il s'agissait d'un objet matériel ou d'un symptôme clinique. On réduit le psychisme à l'organe qui permet qu'il existe : le cerveau. On le confond avec les fonctions cognitives qu'on peut objectiver et évaluer quantitativement. C'est la parole qu'il faut retrouver. Qu'elle exprime la souffrance psychique, ou bien parle du corps, car la personne humaine n'est pas faite d'entités séparées. Le psychisme exerce une action prodigieuse sur le corps, comme le démontrent à l'envi les phénomènes physiologiques induits sous hypnose (analgésie, vasoconstriction par exemple), ou les modifications biologiques constatées au cours de l'effet placebo (libération d'endorphines dans la douleur, de dopamine dans la maladie de Parkinson).

Parfois, la parole exprime des plaintes fonctionnelles qui mettent en cause nominalement le corps sous la forme très fréquente de douleurs de localisations anatomiques très diverses. « J'ai mal au ventre, dans la poitrine, à la tête... » Aucune investigation ne retrouvera une cause liée à la lésion d'un organe. Ces « plaintes fonctionnelles » doivent pouvoir être entendues comme une autre forme d'expression de la souffrance psychique. Ceux qui souffrent sont parfois très heureux qu'on leur fournisse un diagnostic « médical » et un traitement médicamenteux. La « spasmophilie » (inconnue à l'étranger) a connu en France sa période de gloire. Nommer la souffrance, c'est déjà, en la reconnaissant, commencer à la soulager. C'est aussi fourvoyer la plainte et cantonner la souffrance psychique dans un registre médicalisé dont elle ne sortira plus. Pascal-Henri Keller a bien montré que « toute plainte n'a pas à être reliée à un diagnostic somatique[7] » et qu'une autre écoute peut amener à considérer une autre origine que le corps et libérer une parole qui s'affranchira de la souffrance.

Où puisons-nous de quoi surmonter ces pertes, ces souffrances, ces traumatismes ? Il faut revenir à ce que nous sommes, dans tous les aspects et la plénitude de notre être. Pas d'explications miracles. Un corps et un cerveau, certes, mais aussi un être de relation et de parole. Rien que cela, mais tout cela.

Point de psychanalyse au sens classique dans ce livre, peu de biologie, pas de panacée. Mon ambition est de vous proposer une psychologie de la vie quotidienne qui vous permette de mieux vous connaître, de n'être pas dupe des raisons de vos conduites et surtout d'avoir le goût de vivre...

CHAPITRE II

Naître

La nature est un temple où de vivants piliers
Laissent parfois sortir de confuses paroles :
L'homme y passe à travers des forêts de symboles
Qui l'observent avec des regards familiers

Charles BAUDELAIRE, Correspondances,
Les Fleurs du mal (Spleen et Idéal), 1861

On naît homme, mais on devient humain. Plus ou moins. L'hominisation, cette lente transformation biologique de notre corps au cours du temps, a été décrite par la théorie de l'évolution des espèces proposée par Charles Darwin au XIXe siècle. Elle repose sur la sélection naturelle, mécanisme qui explique la survie des représentants de l'espèce qui se sont le mieux adaptés aux conditions difficiles de l'environnement.

Les constituants de notre corps et leurs fonctions biologiques possèdent d'extraordinaires ressemblances avec de nombreuses espèces vivantes, même lorsque celles-ci sont très éloignées de notre aspect physique. C'est ainsi que l'étude de certains gènes de la mouche du vinaigre permet aux chercheurs d'imaginer des analogies fructueuses avec le fonctionnement de la machinerie génétique chez l'homme. Cette « homotypie » permet d'utiliser dans les laboratoires des animaux comme modèles afin de transposer chez l'homme des données portant sur le fonctionnement biologique de certains tissus et même de reproduire des maladies pour en comprendre les mécanismes.

L'évolution biologique au fil des millénaires a concerné toutes les espèces appartenant au monde du vivant, sans différence fondamentale de nature entre elles. Toutefois, s'il n'y avait eu que cette évolution biologique nous ne serions guère différents des plus proches des primates qui nous ressemblent et que nous visitons dans les zoos. Or, même si vous adorez les animaux, même si vous êtes sensible à l'anthropomorphisme qui nous incite souvent à comparer l'animal à l'homme, vous savez bien qu'il existe une différence importante entre vous et le plus malin des singes. Cette différence est une véritable rupture entre les espèces vivantes. Elle est due au fait que vous avez une vie psychique, cette vie qui vous permet de sentir que vous êtes différent de tous les autres êtres humains et vous fait percevoir par eux comme étant absolument unique.

Un cerveau particulièrement bien doté

Votre cerveau possède, comme le mien et celui de tous nos semblables, de multiples fonctions, souvent très subtiles, qui nous permettent de percevoir le monde des objets – c'est-à-dire la nature – et d'entrer en relation avec ce monde afin d'agir et même de le transformer. Pour autant, quantité d'animaux sont dans la même situation que nous, même si nous sommes en haut de l'échelle des possibilités d'action. La différence radicale vient de notre capacité à nous façonner une vie psychique et, pour y parvenir, il faut des ingrédients.

Le premier, c'est un cerveau possédant une propriété qu'on ne trouve dans aucun autre cerveau, même chez les primates les plus doués pour l'apprentissage. Cette propriété, ou ces propriétés demeurent à ce jour strictement inconnues des scientifiques. Néanmoins, une piste s'est peut-être ouverte avec le concept de neuroplasticité. C'est l'idée que le cerveau humain a la capacité de s'adapter aux nouvelles situations, de faire repousser ses cellules en cas de lésion, de suppléer la défaillance de certaines de ses fonctions. En un mot, le cerveau humain s'adapte de lui-même. Non seulement il stocke des enseignements de l'expérience, mais il en tire de nouvelles stratégies d'adaptation.

Cette idée de plasticité cérébrale, voie de recherche cruciale pour l'avenir, reviendra souvent dans cet ouvrage. Elle s'oppose aux conceptions anciennes qui faisaient du cerveau un réseau câblé et attribuaient une localisation rigide aux fonctions cérébrales, ou encore imaginaient que nous possédons un « capital » de neurones fondant au fil de l'existence. Ces vues ne sont pas fausses, mais elles ne rendent compte que de certains aspects du fonctionnement cérébral et ne peuvent pas nous servir à bien comprendre la vie psychique. Ceux qui n'ont pas dépassé ces notions rudimentaires confondent d'ailleurs souvent le psychisme, chaque fois différent chez chacun d'entre nous, et les opérations cérébrales de raisonnement et de pensée communes à tous les hommes.

Pour que le psychisme s'élabore, il faut donc un cerveau possédant des propriétés qu'on commence seulement à soupçonner. Si, à la naissance, il ne les possède pas, le psychisme ne pourra pas, toutes choses étant égales par ailleurs et nous verrons lesquelles, se développer harmonieusement. Différents types de déficits pourront apparaître, figeant le développement mental et psychique. Des performances mentales seront possibles, acquises par apprentissage et par conditionnement, mais sans vie psychique autonome. Tous les degrés sont bien sûr possibles dans cette terrible éventualité. De même, si au cours de l'existence le cerveau perd progressivement ces propriétés si précieuses, la vie psychique s'éteint peu à peu, souvent en même temps que les performances mentales. C'est le cas dans les démences, en particulier la maladie d'Alzheimer, où les proches vivent, dans la plus grande souffrance de leur vie psychique, cette évanescence de la vie psychique de ceux qu'ils aiment.

L'apparition de la parole et du sens : le signifié et le signifiant

Le cerveau permet l'apparition du deuxième ingrédient de la vie psychique : la parole. Cette parole, du reste, il faut l'entendre en un sens très large qui ne se réduit pas au langage. C'est bien sûr un système de communication, élaboré, permettant de nommer les objets naturels et de se référer à des concepts abstraits, mais aussi véhiculant du sens, du symbolique et de l'intentionnalité, en particulier affective. La parole qui permet la vie psychique, c'est aussi la prosodie, les silences, la mimique, la gestuelle, le regard, en un mot tout ce qui permet à un être humain de transmettre à un autre être humain des messages subjectifs et qualitatifs que la subjectivité de l'autre est capable de décrypter. Alors, l'échange s'instaure dans l'intersubjectivité. Voilà d'ailleurs le troisième ingrédient de la vie psychique : la nécessité de la présence de l'autre.

Un cerveau en continuelle autoadaptation par modifications tenant compte de l'acquis, une parole véhiculant du sens et du symbolique, et un autre être humain avec qui l'échange est possible : telles sont les conditions de la naissance du psychisme.

La parole de l'autre marque notre psychisme et le façonne en lui conférant un sens abstrait qui ne vaut que pour nous, dans cette situation précise, avec cette personne précise. Le contexte module ainsi les pulsations de notre psychisme.

Il convient là de définir les termes. Les mots « signifié » et « signifiant » seront beaucoup utilisés pour parler du psychisme. Leur sens n'est pas celui de linguistes comme Ferdinand de Saussure ou Noam Chomsky. Ce n'est pas non plus celui des psychanalystes, en particulier lacaniens qui s'intéressent à la « chaîne des signifiants » permettant de remonter à partir du matériel venant de l'inconscient vers la source cachée d'un événement porteur de sens pour celui qui exprime ces signifiants. C'est d'une manière triviale, comme c'est le cas dans la vie quotidienne, que j'utiliserai les mots « signifié » et « signifiant ».

Pratiquement tout objet possède un signifié concret et un signifiant abstrait, accessibles à tous. Les mots « feu rouge » sont le signifié concret désignant un signal électrique rouge que chacun peut voir ou imaginer. Ces mots possèdent également un signifiant abstrait qui est : danger, interdit, arrêt, etc. Les signifiants peuvent être multiples : abstraits, symboliques, affectifs. Ils peuvent être identiques chez tous les individus appartenant à une même culture et dont le psychisme a été façonné par les mêmes paroles. Ils peuvent aussi, selon la culture, être différents, dans leur sens symbolique, pour certains individus. Un exemple : le mot « croix » est un signifié qui désigne un objet d'une forme particulière. Le signifiant sera différent selon qu'on est chrétien, juif, athée ou anticlérical. La symbolique qui s'attache à l'objet est donc un message qui sera décrypté de manière variable selon la personne et les circonstances du contexte. Notre vie psychique est peuplée par ces signifiants qui renvoient à nos mondes personnels. Les signifiants affectifs sont encore plus intimes. Ils peuvent être partagés par plusieurs personnes qui ont un lien d'appartenance entre elles ou bien être strictement individuels. Ce qu'on appelle un « souvenir » en parlant d'un objet est de cet ordre. L'objet en soi peut n'avoir aucune valeur vénale, mais on y « attache » une valeur affective symbolique liée à un être cher, à une situation passée, à un événement vécu. Nous y avons ajouté une valeur supplémentaire. Dans les partages, au cours d'un héritage, on peut se déchirer pour des « souvenirs ». On pensera qu'on est lésé parce qu'on attribue une valeur marchande à l'objet. En fait, ce qui est en jeu, c'est le signifiant lié à l'affectivité. L'objet du litige est la matérialisation de l'amour que le disparu était censé nous porter. Lorsque Marcel Proust évoque longuement ce que suscite en lui le souvenir de la madeleine trempée dans le thé, c'est au signifiant qu'il s'attache, et il n'a de valeur que pour lui. La magie de la littérature permet à chaque lecteur de savourer cette madeleine en référence à un signifiant inconscient qu'il porte en lui et qui s'en fait l'écho. Le monde psychique de l'autre éveille alors quelque chose, qui ne concerne que nous, et qui se cache dans notre univers psychique personnel.

Nous évoluons dans une réalité à double face. D'un côté, le réel matériel, objectif, quantifiable du signifié. De l'autre, notre réalité psychique qui comporte des aspects communs à tous nos semblables et nous permet d'échanger avec eux, mais aussi des aspects qui n'ont de sens que pour certains d'entre nous ou pour nous seul et qui ne peuvent être révélés aux autres que si nous en parlons. Ce sont les sphères du public, du privé et de l'intime.

Ces signifiants qui structurent notre vie psychique personnelle, ceux qui n'ont de sens qu'individuellement, nous sont à la fois perceptibles et cachés. Dans tous les cas, ils jouent un rôle déterminant dans la part subjective de nos conduites, de nos goûts, de nos engagements et de nos décisions. Les aspects perceptibles sont ceux que nous pouvons énoncer facilement et qui nous apparaissent comme des évidences. Je crois savoir pourquoi j'aime ou n'aime pas tel objet. Je vais y attacher une valeur qui ne compte que pour moi et qui s'inscrit dans l'histoire de ma vie. Livrez-vous à cet exercice qui consiste à associer des idées à propos d'un objet que vous aimez, qui compte vraiment pour vous, et vous allez découvrir le lien affectif qui vous relie à son histoire ou à celle de ceux qui l'ont possédé autrefois. « J'y tiens beaucoup cela appartenait à ma grand-mère ! » Évidemment, cela n'a de valeur que pour vous et cette valeur est abstraite puisqu'elle est affective.

Le plus souvent, les signifiants les plus importants sont cachés, inconscients. Ils se dérobent à nous livrer leur sens dans l'immédiat. Il faut effectuer un véritable travail d'association d'idées pour remonter à la source de l'importance qu'ils ont pour nous. C'est un travail analogue qui se fait de manière organisée et systématique au cours des psychothérapies.

On peut faire ce travail seul pour le plaisir et l'intérêt de mieux comprendre les raisons de nos conduites, de nos choix ou de nos goûts. Il ne s'agit pas d'une psychothérapie qui ne peut se réaliser qu'en présence d'un professionnel, attentif à toutes les ruses déployées par notre psychisme pour nous empêcher d'arriver au but. Il saura repérer les chemins de traverse, les blocages ou les impasses qui se présentent nécessairement au cours de cette recherche du signifiant enfoui parfois depuis très longtemps au fond de notre psychisme. Alors, d'un mot, il nous permettra de comprendre que nous faisons fausse route et qu'il nous faut repartir dans la bonne direction. Lorsque nous atteignons le but, le sentiment éprouvé nous indique que nous avons trouvé. Personne ne peut nous apporter cette sensation intérieure de soulagement et de satisfaction qui nous envahit lorsque nous avons atteint notre vérité. Le « mais bon sang, mais c'est bien sûr ! » du fameux inspecteur Bourel est de cette nature. Notre vérité devient une évidence. C'est une sorte d'illumination intérieure qui ne peut être contestée par personne.

Ces signifiants conscients ou inconscients gouvernent notre vie psychique. On croit être rationnel, on l'est rarement dans notre vie affective et relationnelle. Cette part de subjectivité fonde nos différences interindividuelles. On peut en ignorer toute son existence les déterminants. On peut aussi essayer d'en comprendre, par un petit effort de réflexion personnelle, la nature afin de ne pas être totalement dupes de nos trajectoires de vie et d'en infléchir parfois la direction.

La réalité psychique que nous vivons va se développer dans un espace fait de trois dimensions. D'une part, il y a le réel, le monde des signifiés, auquel nous nous heurtons souvent, même si nous croyons parfois l'éviter par le déni. Ce déni qui nous fait croire qu'il suffit de vouloir que quelque chose n'existe pas pour que cela soit vrai. D'autre part, il y a l'imaginaire qui nous donne cette capacité à créer, à anticiper, à rêver tout éveillé et d'une manière générale à dépasser le réel pour fabriquer de l'espoir. Enfin, vient le symbolique qui nourrit nos signifiants culturels ou personnels et qui marque si fort les contraintes que nous nous imposons, les valeurs auxquelles nous croyons et les causes que nous défendons. C'est dans cet espace que doivent vivre nos désirs, nos fantasmes, nos gratifications et nos frustrations.

La parole de l'autre nous rend humain

Quand on arrive au monde on possède un cerveau qui peut sembler exempt de toute influence de la parole de l'autre. Or ce n'est pas tout à fait vrai. Le fœtus perçoit déjà beaucoup de stimulations venant de l'extérieur avant la naissance. Son corps est influencé par les substances toxiques que sa mère peut absorber : alcool, tabac, médicaments, mais aussi produits nocifs absorbés ou inhalés et présents dans l'alimentation ou l'environnement. De la même manière, le cerveau du fœtus qui se prépare à le rendre capable de fabriquer son psychisme est sensible aux événements agréables ou désagréables que peut vivre sa mère. Une ambiance calme et douce ou au contraire la violence et le bruit doivent déjà imprimer une marque qui n'est pas anodine. On n'a rien à perdre à parler avec amour et tendresse à son futur enfant avant sa naissance, à le caresser à travers la paroi abdominale et, si le père s'en mêle, ce n'en sera que mieux.

Dès la naissance, la parole de l'autre, en général la mère, le père et les proches, joue un rôle de façonnage du psychisme. Et cette parole au sens large passe par toute une série d'attentions : douceur, tendresse, caresses, réconfort, gestes répondant à la satisfaction des besoins élémentaires. L'enfant associe ces messages verbaux et paraverbaux, pétris d'intentionnalité bienveillante, et les sensations apaisantes et agréables qu'ils provoquent. Il est inexact de dire à une mère : « Ne parle pas comme tu le fais à ton bébé, il ne peut pas comprendre. » Le bébé « comprend » beaucoup de choses à travers les sensations qu'il éprouve et qu'il associe à la relation à un autre être humain. Les pédopsychiatres qui « parlent » aux bébés ont parfois été critiqués. Certes, le sens « rationnel » et discursif échappe aux nourrissons, mais ils perçoivent très clairement l'intention bienveillante et rassurante contenue dans la parole qui les apaise et les calme. En retour d'ailleurs, elle apaise et calme aussi les mères, ce qui ne peut que bénéficier aux bébés.

C'est donc bien avant la compréhension du langage au sens strict que la parole humaine permet le façonnage du psychisme et donc l'humanisation du petit de l'homme. On raconte que les « enfants loups » abandonnés à la naissance et qui ont survécu en coexistant avec des animaux qui les ont nourris n'ont jamais pu acquérir le langage et n'ont jamais été capables de devenir humains une fois revenus à la civilisation. Victor « l'enfant de l'Aveyron » est un cas bien connu qui soutient cette affirmation. On raconte aussi que Louis II de Bavière avait, dans sa folie, isolé des enfants à la naissance en les faisant alimenter par des nourrices qui ne leur délivraient que l'allaitement indispensable sans leur parler ni échanger avec eux. Tous les enfants seraient morts avant l'âge d'un an. En revanche, le développement des enfants sourds-muets à la naissance est très contrarié, mais leur mère communique et échange avec eux par les moyens paraverbaux témoins de son intentionnalité affective.

Toutefois, dès notre naissance, nous n'avons pas été soumis seulement à la parole de l'autre. Notre cerveau a en effet des capacités cognitives pour l'apprentissage et le conditionnement. De très nombreux animaux en sont également capables, mais de manière très limitée en comparaison avec l'homme. L'apprentissage permet d'acquérir des connaissances issues de l'expérience ou de l'éducation, qui demeureront stables et qu'on pourra utiliser en fonction de nos besoins tout au long de l'existence. Les outils cérébraux cognitifs (qui permettent la connaissance), incluant évidemment la mémoire, autorisent ces acquisitions. Les conditionnements sont des comportements acquis grâce à un apprentissage répété et qui pourront être mis en œuvre de manière automatique à partir d'un signal déclenchant. Notre vie relationnelle repose en grande partie sur ces apprentissages et sur ces conditionnements. Les actes de la vie quotidienne en sont l'illustration, et ces performances nous permettent d'agir sur le monde et d'éviter les dangers. S'arrêter au feu rouge dans la circulation automobile est un conditionnement.

Notre vie psychique évolue dans un autre registre. Des mécanismes d'apprentissage, d'éducation, de conditionnement pourraient expliquer nos goûts, mais la nature qualitative de ce qui est en cause est chaque fois différente pour chacun d'entre nous. Seule notre parole est capable de la révéler. Beaucoup d'adultes n'aiment pas les carottes. Ils racontent une foule de souvenirs d'enfance pour justifier leur attitude. Pourtant, chaque fois, il s'agit d'une histoire particulière dont le sens est propre à chacun. Les mécanismes psychologiques sont universels, mais la nature de ce qui est en jeu est individuelle.

« La parole, écrivait Georges Gursdof, désigne la réalité humaine telle qu'elle se fait jour dans l'expression. Non plus fonction psychologique, ni réalité sociale, mais affirmation de la personne, d'ordre moral et métaphysique[1]. » Il distingue d'ailleurs dans la parole une hiérarchie de degrés de signification. Le simple son vocal « qui se stylise en mot par l'imposition d'un sens social » est différent de « la parole humaine affective, chargée d'intentions particulières, messagères de valeurs personnelles ». Ce sont ces intentions particulières, porteuses de sens destiné à une seule personne qui se sent désignée pour les recevoir qui font naître et vivre le psychisme. La parole apparaît comme une fonction, sans organe propre et exclusif qui permet de reconfigurer le réel en une réalité purement humaine. La dimension subjective du psychisme est liée à la prise de parole qui autorise chacun à transformer le monde en l'interprétant à sa manière. Cette réalité personnelle a une existence aussi forte que le réel des objets de la nature. Pour être entendue elle nécessite la mise en mots et l'écoute par la subjectivité d'un autre psychisme. Cet échange ne peut se faire que dans l'intersubjectivité, ce qui explique, sans jouer avec les mots, la fréquence des malentendus.

Les premières années de notre vie occupent une place privilégiée dans l'histoire de notre psychisme. Ces années-là comptent sans doute plus que d'autres pour engranger les repères signifiants qui nous marqueront durablement et à partir desquels, consciemment ou non, s'organisent certaines grandes lignes de nos conduites, de nos goûts et de nos attitudes relationnelles avec les autres. Toutefois, il ne faut pas en déduire que notre existence psychique ultérieure est déterminée irrémédiablement par nos premiers échanges de paroles. Notre fonctionnement cérébral est capable de plasticité et d'adaptation, nos gènes eux-mêmes sont susceptibles d'interagir avec l'environnement qui les stimule ou les inhibe. Notre psychisme peut donc évoluer, surtout si nous prenons la peine d'élucider la nature et le sens de ce qui nous a marqué.

Si ces premières années ont cependant un poids particulier, c'est que notre psychisme est libre d'empreintes signifiantes et que l'enfance nous laisse plus vulnérable aux influences majeures que lorsque les expériences se seront accumulées au fil des années. Nous constituons au début de notre vie un stock de gratifications, de frustrations, de représentations symboliques qui est attaché à des expériences précises liées au sens de la parole d'un autre. Tout cela sera réactivé chaque fois que nous vivrons de nouvelles expériences ravivant, pour nous seul, un sens caché aux autres, mais qui nous parle. La disproportion existant entre l'insignifiance de l'expérience réellement vécue et l'importance du sentiment éprouvé est incompréhensible pour un observateur extérieur. Et pourtant, cette première fois a marqué notre psychisme. « Tu n'as aucune raison de redouter de parler à ce type. – Je sais mais, quand même, je me sens mal à l'aise. »

L'imagination symbolique a ici fait son œuvre. Gilbert Durand a bien souligné la dissociation entre signe et symbole[2]. Le signe, l'énoncé ou la situation contiennent quelque chose de caché, de secret, d'accessible à la seule personne qui s'est vue imposer ce sens lors d'un épisode antérieur de sa vie. Le symbole est perceptible par tous, identifiable par ceux qui savent. Le symbolique, enfin, est « cette chose absente ou impossible à percevoir excepté par celui qui lui a attribué cette valeur dans son psychisme ». Ce symbolique est unique. Quand on en possède la clef, on peut comprendre.

Le symbole, lui, est éprouvé, vécu, ressenti. Il n'est jamais expliqué de manière définitive, ce qui permettrait de s'affranchir de son pouvoir. Il se retrouve dans toutes les cultures et à toutes les époques. Pas de civilisation sans symbole. Pourtant : « La plus évidente dépréciation des symboles que nous présente l'histoire de notre civilisation est certainement celle qui se manifeste dans le courant scientiste issu du cartésianisme. C'est bien le "règne" de l'algorithme mathématique qu'instaure Descartes qui assure le triomphe de l'iconoclasme, celui du "signe" sur le symbole. » Dans une société où le symbole n'est plus pris en compte et où seul subsiste le « signe », le psychisme n'a plus la possibilité d'exprimer sa souffrance que par des symptômes qui sont dissociés de leur sens.

La relation aux autres est inscrite dans le psychisme

Notre psychisme nécessite, pour exister et être entendu, celui d'un autre, mais si c'est nécessaire, ce n'est pas suffisant. Nous n'existons pas exclusivement dans l'échange à deux. Non seulement dès la naissance notre cercle d'échanges avec les autres s'accroît régulièrement mais nous arrivons au monde au sein de ce que l'on appelle une société. Du berceau au foyer familial, du foyer au jardin d'enfants, de proche en proche, le champ de nos relations interhumaines se dilate et nos échanges intersubjectifs se multiplient dans les milieux professionnels et sociaux, dans tous les espaces privés ou publics où nous évoluons. Des réseaux de communication subjective nous impliquent dans un monde d'intersubjectivité rendant nos échanges avec les autres extraordinairement complexes. Si l'on ne prend pas conscience de cette situation on peut évoluer dans la vie, au gré des rencontres, comme une boule de flipper dans un billard électrique. Nous louvoyons entre plaisir et déplaisir, gratifications et frustrations, en tentant d'éviter le pire mais sans comprendre pourquoi nos malheurs se répètent.

La dernière dimension où se joue l'évolution de notre psychisme est donc la société elle-même. Notre subjectivité et nos échanges intersubjectifs avec nos semblables évoluent dans un cadre très contraignant qui est la société où nous vivons. Notre culture véhicule certaines représentations qui pèsent d'un poids considérable sur chacun d'entre nous. Et personne n'y échappe, surtout pas ceux qui s'en défendent. Or les admettre, en prendre conscience, c'est déjà pouvoir identifier leurs effets.

Que nous le voulions ou non les représentations sociales et culturelles façonnent notre subjectivité. Aucun domaine n'y échappe. La sphère affective que l'on croit être du domaine de la liberté privée se moule dans les cadres proposés par les constructions culturelles. C'est vrai même de la manière dont nous vivons affectivement ce qui nous arrive et que nous nommons plaisir, déplaisir ou perte. À la dimension subjective et qualitative que nous attribuons aux vicissitudes de notre existence s'ajoute donc le poids d'une représentation sociale construite par l'homme. On ne peut pas vivre de la même manière le même événement (un deuil, par exemple) si on appartient à la société occidentale centrée sur l'individu, ou si on est membre d'une tribu ou d'une société où la notion de possession, de perte concerne la totalité du groupe et pas uniquement une de ses unités.

Aujourd'hui les scientistes (et pas les vrais scientifiques) fabriquent des représentations sociales et culturelles au nom de la science ou de la médecine. La science et la médecine sont en effet survalorisées dans notre société. Parler en leur nom est donc incontestable. Le concept actuel de dépression en est un bon exemple. Il ne peut pas être caractérisé seulement par une hypothèse neurobiologique ou des données psychocognitives. L'aspect le plus fort de sa réalité s'inscrit dans une construction culturelle propre au monde occidental à un moment de son histoire.

C'est en tout cas l'analyse si pertinente d'Alain Ehrenberg[3].

Catherine Lutz, quant à elle, a étudié les émotions liées à la perte chez les Ifaluk vivant sur un atoll du Pacifique occidental[4]. Elle a constaté que les représentations culturelles ne permettaient pas l'apparition de l'entité « dépression », de plus en plus construite autour de l'opposition entre émotion et cognition, qui n'a de sens qu'au sein du système culturel euro-américain. Dans cette population, la place de l'individu, les rapports à l'autre ne sont pas les mêmes que dans le monde occidental, et les émotions s'expriment selon des modalités différentes. Il en va de même pour la construction culturelle de la famille et de la place du père dans notre société. Même si les représentations ont considérablement changé, elles demeurent encore très différentes de celles en usage dans certaines cultures de l'Afrique de l'Ouest, où les frères du père biologique sont appelés « pères » et où ils jouent en cas de décès un rôle de substitution.

Les groupes d'appartenance au sein de notre société construisent aussi des représentations culturelles qui peuvent constituer des interdits pour l'individu. Il en va ainsi des mariages entre gens pratiquants appartenant à des communautés religieuses différentes.

De plus, Pierre Bourdieu a bien montré que la science n'échappe pas à la fabrication de représentations[5]. La science *stricto sensu* n'expose que des faits. Leur représentation, la manière de les exposer à l'opinion tiennent du discours social. C'est ce qui se passe sur la place publique avec les discours à propos du nucléaire, de l'amiante, des OGM et même du médicament. Ces discours de la science, ou en son nom, ne sont pas des exposés de « données » brutes. Ils visent à imposer des visions subjectives à la croyance collective. Quelle différence avec le discours de la publicité ou de la communication politique ? Ce constat n'est pas un jugement de valeur, c'est la description d'une réalité dans laquelle nous vivons, qui nous influence et qu'il ne faut pas confondre avec le réel. Tous les combats idéologiques sont de cette nature. La lutte véhémente et passionnelle de certains psychologues se réclamant du cognitivo-comportementalisme et pourfendant la psychanalyse en est un exemple récent. Au nom d'une démystification scientifique, ils projettent leur subjectivité ou leurs desseins cachés pour construire par mystification une représentation culturelle négative de la psychanalyse. Soyons justes, cependant : certains psychanalystes avaient procédé de la même manière en d'autres temps en disqualifiant le biologique.

Le réel, l'imaginaire et le symbolique

Voilà, le décor est planté. Il rassemble les trois dimensions du psychisme humain. Il faut un cerveau modulable, plastique et qui pratique l'autorégulation. Il faut un échange de parole contenant du sens et du symbolique pour que naisse et vive le psychisme. Il faut enfin le cadre contextuel d'un discours culturel qui fixe les possibilités des représentations sociales.

Le psychisme lui-même évolue dans un espace délimité par le réel, l'imaginaire et le symbolique. À l'intérieur de cet espace coexistent, de manière dynamique, c'est-à-dire en perpétuel mouvement, souvent contradictoires, les pulsions, les affects et les fantasmes. Les pulsions sont la représentation psychique d'une poussée qui vient du réel, du corps. Sexualité, passage à l'acte, volonté de vivre à tout prix ou au contraire mouvement interne d'autodestruction représentent les principales pulsions qui nous animent.

Les affects expriment cet aspect de la vie psychique qui s'organise à partir des pôles du plaisir et du déplaisir, et qui relève du symbolique. Si on utilise le mot plaisir au sens du réel, de la jouissance du corps, on est obligé de lui ajouter un qualificatif. On parle alors de plaisir sexuel, de plaisir des sens, etc. Quand on a plaisir à passer un moment avec quelqu'un, on est dans le symbolique et cela renvoie à des sens différents selon les personnes et les circonstances.

La parole permet de canaliser les affects. Elle peut se substituer au passage à l'acte de la pulsion. On parle de violence verbale à propos des insultes, des invectives qui permettent l'économie du passage à l'acte agressif. Le déficit de parole par manque de culture et d'éducation favorise le passage à l'acte comme seul moyen d'expression. C'est une des sources de la violence.

Le fantasme, enfin, est une production psychique imaginaire sous forme d'une véritable histoire, d'une sorte de rêve éveillé qui nous permet de réaliser des désirs sans les contraintes du réel. Il renvoie à l'évidence à l'imaginaire.

C'est grâce à cette infrastructure psychique qu'au fil de notre existence, lorsque tout est en place, nous pouvons accéder à un fonctionnement complexe et subtil.

La culture et l'éducation vont par les échanges relationnels augmenter notre accès au symbolique et à l'imaginaire. À l'inverse, la pauvreté d'échange de parole et donc de symbolique, d'affect et d'imaginaire va nous cantonner plutôt dans le domaine du réel et des pulsions. Au début de notre existence, lorsque nous sommes nourrisson, la relation et la vie psychique sont essentiellement du registre du réel et le plaisir est physiologique. La satisfaction des besoins élémentaires chez le petit de l'homme connaît cependant une humanisation rapide grâce à la mère et à l'entourage qui apportent par la parole et les affects la possibilité d'accéder au symbolique.

Le nourrisson part du réel et va construire l'imaginaire et ses fantasmes, le symbolique et ses signifiants. Parallèlement, l'apprentissage, l'éducation, les conditionnements vont permettre d'acquérir des connaissances. Très tôt, on découvre les grands principes qui vont régir nos relations avec les autres. Des limites nous sont imposées par l'autre dans la relation duale, par les autres dans la relation de groupe, et par les interdits sociaux. Il n'est pas si facile d'accepter que le pouvoir que l'on exerce a des limites, que tous nos désirs ne se réalisent pas, et d'admettre que le réel est contraignant, que le besoin d'amour n'est pas toujours comblé et que l'on ne peut pas plaire à tout le monde. Non seulement on est tout seul pour découvrir autant de nouveautés, mais on a rarement conscience de ce qui se passe. On s'aperçoit qu'il n'est pas facile d'être un enfant. On découvrira plus tard que ça ne s'arrange pas en devenant adulte. Heureusement, il y a un monde qui nous appartient et que l'on investit avec délice. C'est celui de l'imaginaire. Non seulement on y réalise beaucoup de désirs sous forme de fantasmes, mais on y entraîne d'autres enfants et on essaye d'y associer les adultes. La boîte à chaussures devient un camion, le morceau de bois un bateau, le chiffon une robe de mariée. Oui, mais voilà, on me fait des cadeaux. On me donne un ordinateur, une voiture électrique, une poupée qui parle. C'est plus difficile de développer mon imaginaire sur ces objets compliqués, trop proches du réel, et que j'abandonne parfois assez vite. Une fois rentrés de l'école, on se retrouve pour jouer. Alors on joue à l'école, et c'est moi la maîtresse. Je commande, je punis et je donne des bons points à ces enfants devenus si sages et qui obéissent si bien puisqu'ils sont entrés délibérément dans le monde imaginaire du jeu. Avec les adultes, c'est bien aussi parce qu'ils racontent des histoires. Surtout pour s'endormir. Encore une histoire, maman, juste une encore... puis encore la dernière. Certains parents n'ont pas le temps. « Va regarder la télévision. » C'est bien aussi la télévision, il y a des histoires, mais c'est moins bien que quand maman me tient dans ses bras et me raconte à l'oreille : « Il était une fois... » Oui, raconte maman, encore une fois. J'ai besoin que tu me dises que tu m'aimes.

À ce besoin d'imaginaire, de symbolique et d'affection, à ce besoin de relation et de parole, l'autre répond parfois par des objets. L'absence de temps disponible exacerbe le besoin de l'autre et la peur de l'abandon. Par l'abondance de cadeaux, l'autre croit compenser l'absence de l'être et fabrique le besoin de posséder. On a besoin de l'amour de l'autre pour exister et, faute de le recevoir, on le transpose sur des objets qui ne seront jamais assez nombreux, assez beaux ou assez grands pour compenser la véritable absence. « Toujours plus » semble être la devise de certains qui n'ont jamais reçu l'essentiel en partage. Pour partager, il faut en effet être deux.

C'est ainsi que naît et se structure notre psychisme, construisant sa réalité intime, notre réalité, par emprunts et mélanges entre les pôles du réel, de l'imaginaire et du symbolique. Comme nous ne sommes pas seuls au monde, notre psychisme interagit aussi, c'est-à-dire subit et agit, avec celui des autres êtres humains. Des réseaux de communication se constituent où chacun échange avec les autres des connaissances (le réel), des affects (le symbolique) et du rêve (l'imaginaire).

Le réel, c'est le domaine du concret, de l'objectif et du quantifiable. C'est ce que notre corps et notre cerveau apportent à notre existence. Les outils cérébraux, qu'on appelle fonctions cognitives et qui permettent la connaissance, nous donnent accès à la raison. Toutes les opérations mentales ou intellectuelles, qu'on peut explorer par des tests neuropsychologiques, relèvent de ce pôle du réel ; il représente ce qui est universel chez tous les hommes. Les capacités d'analyse, de synthèse, de déduction, en un mot le raisonnement logique, peuvent être étudiées de façon scientifique et correspondent au fonctionnement d'ensembles neuronaux qu'on commence à identifier. Pour autant, cette belle mécanique n'est pas indépendante des dimensions symboliques ou imaginaires du psychisme qui viennent, par leur subjectivité, altérer la rigueur de sa production. Souvent la passion vient obscurcir la raison...

Le corps inscrit dans le réel est évidemment étroitement associé au fonctionnement du psychisme. Ses messages physiologiques et pulsionnels sont contrôlés, maîtrisés (plus ou moins), différés et parfois sublimés, c'est-à-dire transformés. Les animaux satisfont, lorsque cela leur est possible, leurs besoins physiologiques à l'instant et là où ils les éprouvent. Manger, uriner, déféquer obéissent chez l'homme aux contraintes de codes culturels. Le pôle du réel, grâce aux fonctions cognitives, rend possibles les apprentissages et les conditionnements. Ces fonctions physiologiques n'échappent pas, elles non plus, à l'influence de l'imaginaire et du symbolique. C'est ainsi que la nécessité de se nourrir est changée en plaisir gastronomique souvent très raffiné. Les pulsions sexuelles représentent un exemple majeur des transformations que l'imaginaire et les affects symboliques peuvent opérer sur le réel venant du corps et de sa physiologie. Si le psychisme peut exercer une influence puissante sur le corps, à l'inverse les expériences éprouvées par le corps sont toujours récupérées dans les sphères symboliques et imaginaires. Le sens donné à un événement vulnérant conditionne les souvenirs conjoints du corps et du psychisme. La « trace » psychique d'une blessure accidentelle ne sera pas la même que celle d'une lésion identique provoquée par la torture et son contexte. C'est la différence entre un rapport sexuel désiré et un viol.

Le corps garde ainsi le souvenir des événements du réel non seulement sous la forme d'une empreinte cognitive identique pour tous, mais également comme une trace dans le registre du symbolique et de l'imaginaire, qui n'a de sens que pour un être unique.

Bref, le pôle du réel, c'est celui qui nous fait dire : « Je sais. » C'est le domaine de la connaissance et de la raison.

Le symbolique est le monde du sens individuel et c'est celui des affects. C'est la grande affaire humaine. Il permet l'amour (qui n'est pas le désir sexuel), l'amitié, les sentiments (qui ne sont pas les émotions), le plaisir ou le déplaisir non liés à des phénomènes physiologiques, mais purement attachés au symbolique (voir le premier sourire de son bébé). Cette sphère du psychisme est intime et ne contient que des dimensions différentes d'une personne à une autre.

Le désir sexuel ou les émotions sont des phénomènes physiologiques universels partagés par tous les hommes. L'amour est un sentiment éprouvé par une seule personne pour une seule autre personne. L'amitié relève de cette alchimie élective non chimique. « Parce que c'était lui, parce que c'était moi... » C'est dans ce pôle de notre vie psychique que se constituent notre dimension affective, notre capacité à ressentir des sentiments (qui se différencie de ce que l'on éprouve au cours d'une émotion physiologique à valeur universelle avec ses signes visibles) et que se fondent les sens personnels.

Cela paraît un peu compliqué ? C'est en fait assez simple. Différencier l'émotion du sentiment, nous le faisons tous les jours. L'émotion fait partie du réel, elle intervient dans le corps et le cerveau. Elle se manifeste aux yeux de tous. Les mêmes causes provoquent souvent les mêmes émotions. En général, les émotions s'accompagnent d'un sentiment en harmonie avec celles-ci. On peut les mimer, c'est le travail des comédiens. On peut les maîtriser, et c'est difficile. On peut les feindre alors qu'on ne ressent aucun sentiment.

En revanche, le sentiment est caché, il est de l'ordre de l'intime. Il est attaché à la valeur symbolique d'une émotion, d'une situation ou d'une parole. Le pôle symbolique de notre vie psychique fait éprouver à chacun de nous, dans des situations qui nous sont strictement personnelles et qui ne provoqueraient aucun effet chez notre voisin, des sentiments de plaisir ou de déplaisir, d'humiliation ou de valorisation, de gratification ou de frustration. La vérité du sentiment, son contenu subjectif, le sens qui lui est attribué ne concernent qu'une seule personne et ne peuvent être connus des autres que s'ils sont exprimés par la parole de celui qui les ressent. C'est souvent la parole de l'autre qui les provoque et qui, en tous les cas, leur ont permis de se constituer. « Tu es un incapable ! » Lorsque celui qui prononce ces mots est investi d'une valeur symbolique par celui qui les entend, ils provoquent un sentiment d'humiliation : « Je me sens humilié. »

Quoi qu'il en soit, ce qui ressort clairement dans le cas des signifiants individuels, c'est que par essence ils sont indépendants du support qui les contient. Le même objet, la même situation peuvent avoir du sens pour plusieurs personnes, mais il s'agira d'un sens différent pour chacun et qui ne pourra être élucidé qu'à condition d'en parler en remontant à la source grâce aux associations d'idées. Même si parfois on retrouve en première approximation un sens global général, il n'y a de sens réel qu'en particulier. C'est pourquoi il est à la fois navrant et absurde de voir dans une littérature de pacotille publier des listes d'objets prétendument investis du même sens pour tous. Les catalogues d'interprétations gratuites : « Un couteau, ça veut dire... » sont ineptes. Il en est de même des rêves. On voit des « dictionnaires de la signification des rêves » qui n'ont aucun sens. Si vous et moi rêvons d'un petit chien blanc cela renverra à nos mondes intérieurs qui sont évidemment différents. Seule la manière dont nous pourrons en parler amènera peut-être, le rêve n'étant qu'un support, à découvrir à quel signifiant il nous aura mené. Il est des gens qui notent soigneusement leurs rêves. Ils ne pourraient en extraire quelque chose de signifiant qu'à la seule condition de développer l'enchaînement de leurs associations d'idées dans des conditions codifiées. Et cela n'aura de sens que pour eux seuls.

Une dimension déjà évoquée du pôle symbolique, et non des moindres, est celle des affects. C'est en se référant au symbolique que l'on aime. On aime celui ou celle que l'on a investi d'un sens qui nous concerne. Aimer, vouloir être aimé par l'autre que l'on a élu, ne représente qu'une face des affects. La haine en est l'autre aspect. Amour et haine possèdent des liens que la littérature nous a dévoilés depuis longtemps. Aimer ou détester ne concerne pas que l'autre. On s'aime et parfois on se déteste soi-même. Le narcissisme constitue cette capacité à s'aimer et à rechercher, légitimement d'ailleurs, des gratifications qui renforcent ce narcissisme. Lorsque cet affect du narcissisme s'allie au raisonnement issu du réel cela engendre la notion d'« ego » qui est la considération que l'on a pour sa propre valeur. Lorsque l'amour s'allie à l'imaginaire cela engendre la passion qui fait chavirer la raison et révèle une souffrance. Des pages admirables ont été écrites sur ce sujet par Roland Gori[6].

On peut conclure cette courte description du pôle du symbolique en disant que c'est celui qui vous fait dire : « Je ressens. » C'est le domaine du sens et de l'amour.

L'imaginaire est la troisième grande instance de notre vie psychique. Si le réel n'intervenait pas dans ce domaine par le truchement de la raison, tout serait possible. Les fantasmes déroulent de belles histoires où tous les désirs se réalisent sans risque et sans culpabilité. L'imaginaire est l'outil de la créativité qui dans tous les registres s'affranchit souvent des contraintes du réel. Le rêve en est le pendant nocturne et il est souvent chargé de signifiants. Lorsque l'imaginaire n'est plus contrôlé par le retour au réel, on sort littéralement du sillon et cela s'appelle le délire. L'enfant est capable de ce va-et-vient incessant et sans dommage entre l'imaginaire et le réel tel qu'il le pratique dans le jeu en dépit des contraintes imposées par l'éducation.

La présence du réel dans l'imaginaire apporte la mesure qui débouche sur le réalisable. On imagine le possible, et on rêve l'impossible, qui finit cependant parfois par arriver.

Les discours culturels et les représentations sociales parlent à notre imaginaire et nous permettent de les prendre pour une réalité que nous finissons par ne plus dissocier du réel. Il en est ainsi des promesses de la publicité, des affirmations du politique et des institutions. Le réel n'existe pas. Tout n'est qu'illusion.

Bref : l'imaginaire c'est ce qui nous fait rêver.

Vivre est la rencontre et le mélange subtilement dosé et constamment réajusté du réel, de l'imaginaire et du symbolique.

Vivre c'est évoluer entre l'amour, le rêve et la raison.

CHAPITRE III

Vivre

Vivre est un équilibre sans cesse remis en question, un dosage entre les contraintes du réel, le poids des signifiants symboliques et le monde si commode des fantasmes de l'imaginaire. Le résultat constitue notre réalité personnelle. On n'en voit pas les déterminants, mais on la vit et on la subit même au premier degré, comme si c'était le réel que l'on ne peut par essence modifier. La nature des choses ne peut changer selon nos désirs. En revanche, notre réalité personnelle, aussi accablante soit-elle, est accessible au changement si notre analyse est pertinente et si notre volonté est suffisante. Pourtant, parfois, au jour le jour, on a le sentiment d'être accablé, de n'entrevoir aucune perspective de changement et d'être condamné à souffrir dans notre psychisme, c'est-à-dire dans notre intimité la plus cachée. C'est faux. On verra que, lorsque le réel et la nature ne sont pas en cause (la perte définitive, la maladie incurable, la mort), il existe toujours, à condition d'y croire (l'imaginaire) et de le vouloir (la raison), une alternative à la résignation. Si on est deux pour y croire, c'est encore mieux, mais ce n'est pas indispensable. Quand il y a une volonté, il y a une solution, dit un proverbe anglais. Cette volonté bien mystérieuse est justement la clef de notre bonheur. Vouloir, avec assez de force, ouvre des perspectives insoupçonnables. On me répond en général : « Moi, je n'y arriverai jamais. Je ne suis pas assez fort. » La clef tient en une formule : « N'abandonnez jamais ! » Qu'avez-vous à y perdre ?

Il y a deux choses que personne ne peut faire à votre place : désirer et engager votre volonté. Ne laissez pas les autres désirer pour vous et n'attendez que de vous la mise en œuvre de votre volonté. C'est difficile, c'est vrai. Surtout au début. Mais, dès que vous avez commencé, sans vous lasser, en sachant attendre un peu, les premiers changements vous encouragent à persévérer et vous n'avez plus besoin de personne pour vous encourager. Or, dans notre société, tout est fait pour dissuader de l'effort et de la volonté. La raison est simple : cela ne se vend pas dans la société marchande. La volonté est même le concurrent le plus puissant de la publicité, de l'objet vendu, de l'illusion d'une possession matérielle. C'est pourquoi on ne vous dira jamais que cette force existe en vous et que vous avez tort de dire : « Moi, je n'y arriverai jamais. » La seule chose qui devrait être encouragée et fortifiée à l'école, c'est le culte de l'effort et de la volonté. Angélisme ? Idéalisation ? Non, arme terrible à laquelle rien ne résiste. Obtenir tout sans effort est tellement tentant que cette idée est facile à vendre. Ne vous occupez de rien. Achetez. Je vous vends la santé, la beauté, la jeunesse. L'intelligence, c'est plus difficile à vendre et, de nos jours, cela ne tente pas grand monde. Alors précipitez-vous sur les recettes (toujours miracles), les appareils (être musclé en huit jours), les régimes (toujours sans effort), le bonheur en gélules, la beauté en crème, que sais-je encore... Il suffit d'ouvrir les yeux, chez soi, dans la rue, à la télévision, sur les routes, partout où une annonce peut accrocher votre intérêt pour se voir proposer l'illusion du réel et les symboles de la réussite. À condition de payer...

Il est légitime que certains, les plus nombreux, préfèrent une vie sans effort. Pourquoi modifier mon alimentation si je peux maigrir en ne changeant rien à mes habitudes ? Pourquoi marcher tous les jours, éliminer ce qui m'est nocif, cultiver ma volonté ?

C'est vrai, pourquoi prendre le temps de vivre vraiment, puisqu'on doit mourir un jour ?

La réponse, vous l'aurez au moment où vous dresserez le bilan de ce que cette attitude de refus de l'effort vous a apporté, ou quand il sera déjà trop tard...

Je sais, mon discours n'est pas facile. Je ne vends rien, pas même ce livre puisque c'est déjà fait et que vous le lisez. Je n'ai à vous proposer aucun produit sur Internet, aucune recette à effet immédiat, aucune illusion. La volonté, votre volonté, c'est de l'effort prolongé dans le temps. L'effort et le temps forment une alliance qui vous surprendra.

Le fonctionnement de notre psychisme doit beaucoup aux autres qui exercent une influence considérable sur nous. Ne renonçons pourtant pas à agir par nous-même sur notre psychisme. Qu'avons-nous à perdre ? Notre liberté consiste à distinguer ce que l'extérieur nous impose et à opter pour l'acceptation, le refus ou le compromis. Le plus difficile, c'est de ne pas être dupe de ce qui, dans notre histoire personnelle, va peser sur ces choix. Quelle que soit notre capacité à penser par nous-même, notre psychisme sera toujours le produit de nos échanges passés avec les autres, de l'organisation interne, toujours mouvante, qui en est résultée et de la perspective des échanges à venir.

Pourquoi nous sommes ce que nous sommes

Tout le matériel qui constitue notre psychisme vient des autres et de nos échanges avec eux. On l'a vu, un petit de l'homme qui viendrait au monde et pourrait physiologiquement subsister seul ne deviendrait pas humain sans échanges avec d'autres humains.

Notre cerveau va engranger la connaissance du réel, un savoir et un savoir-faire. Une partie vient de l'expérience (la flamme brûle et fait mal, il ne faut pas s'en approcher) et de nos programmations génétiquement déterminées. L'essentiel vient de la transmission – toujours la nécessité de l'autre – par l'exemple, l'imitation, l'éducation, le conditionnement. Des propriétés cérébrales encore largement inconnues nous permettent d'être conscient de nous-même, et de mettre en œuvre les outils de connaissance que l'on appelle les fonctions cognitives régissant nos comportements[1]. Ce domaine correspond à des activités objectives et quantifiables par des évaluations et des mesures et qui sont communes à tous les hommes. Les recherches en neurobiologie et en neuropsychologie – en particulier cognitive – permettent aujourd'hui de mieux comprendre la nature et le fonctionnement de nos comportements.

Nous disposons aussi d'autres capacités qui nous permettent d'avoir des représentations de nous-même et des autres. Il ne s'agit pas de représentations de nos caractéristiques naturelles, c'est-à-dire physiques, mais des aspects qualitatifs et subjectifs qui constituent notre psychisme. Ces représentations s'organisent autour des pôles du symbolique et de l'imaginaire évoqués précédemment. Leur modélisation la plus achevée est représentée par la théorie psychanalytique. La nature subjective et qualitative de ces représentations se retrouve chez tous les humains, elle est plus ou moins riche selon les cultures, mais son contenu est strictement individuel et différent chez chacun de nous. Les spécialistes du psychisme, grâce aux échanges intersubjectifs qui par nature ne sont pas mesurables, essayent de nous aider à comprendre le « pourquoi » de nos conduites qui sont largement déterminées par nos représentations.

Ces éléments qui constituent notre psychisme viennent des autres et de nous-même. Les autres, ce sont ceux avec qui nous avons des interactions de proximité, famille, couple, relations sociales et professionnelles. Nous recevons aussi des influences plus lointaines venant d'humains avec qui nous n'interagissons pas directement. Ce sont les représentations sociales (les médias et la publicité y jouent un rôle important) et les discours culturels qui façonnent le cadre de notre existence.

Dès lors, une personne humaine, c'est un corps avec ses caractéristiques physiologiques qui assure la survie de l'organisme et la reproduction de l'espèce. C'est un cerveau avec ses propriétés cognitives qui place l'homme au sommet de la complexité des êtres vivants. C'est un psychisme qui rend humain et fait de chacun un être unique façonné par les autres et capable d'agir sur eux et sur lui-même. La situation est complexe parce que ces trois dimensions de la personne fonctionnent en permanence comme un tout et sont en perpétuelle interaction. Corps, cerveau et psychisme, bien que se prêtant à une approche spécifique si on veut les étudier, communiquent et se modifient mutuellement.

Pour faciliter la démarche scientifique la médecine a naturellement tendance à dissocier la personne humaine. Pour des raisons techniques, on la considère parfois comme un organe malade ou un ensemble d'organes. Elle peut être abordée comme une machinerie neurofonctionnelle faite de câbles, de réseaux et de connexions multiples. Elle peut enfin être considérée comme un pur esprit.

Or la personne humaine, c'est tout cela à la fois, et c'est plus encore parce que l'on n'est jamais seul au monde. Notre fonctionnement dépend de notre contexte humain, familial, conjugal et social. Il dépend de notre environnement naturel et culturel qui agit sur notre corps et nos activités.

Les représentations psychiques et leurs sources

Je n'évoquerai que très brièvement les représentations mentales ou cognitives puisqu'elles ne sont pas à proprement parler du domaine du psychisme, même si elles représentent sa référence au réel et à l'objectivable. La dimension symbolique et affective et la dimension de l'imaginaire se confrontent en permanence au réel dont elles s'éloignent ou se rapprochent plus ou moins en permanence selon les circonstances et les événements. Les représentations mentales permises par les processus cognitifs sont des évocations d'expériences qui se sont inscrites dans le réel. Le plus souvent, elles sont peu ou pas du tout chargées de symbolique. Elles sont rapidement accessibles à la conscience et ne contiennent pas de message autre que celui d'une finalité fonctionnelle. On peut se représenter en train de rouler à bicyclette. On est dans la pensée banale, fruit d'une activité cérébrale se référant à une activité objective. Il est cependant possible qu'un lecteur à la vue de cette phrase ait une représentation qui lui sera personnelle parce qu'elle sera connotée d'un sens particulier, d'un signifiant symbolique, qui n'a une importance que pour lui. C'est une référence à un événement de son existence où l'association s'est faite entre une activité banale et une charge affective ou porteuse d'un sens qu'il sera seul à pouvoir expliquer par la parole.

Pour terminer l'évocation des représentations mentales il faut préciser qu'elles se réfèrent à nos apprentissages, à notre éducation et à nos conditionnements. Ce sont des opérations inscrites dans le concret qui ont été acquises soit à partir de nos expériences et de nos confrontations au réel soit à partir de ce que les autres nous ont amenés à faire, à comprendre ou à savoir.

Les représentations psychiques mêlant, de manière si étroitement liée qu'elles sont inextricables, les registres du réel, de l'imaginaire et du symbolique viennent de nous-même, des autres et de la société. C'est ainsi que nous élaborons notre propre image dont les composantes sont complexes et variables selon les individus. Cette image de soi comporte toujours une part personnelle de réel, de symbolique et d'imaginaire, et une part renvoyée par les autres. Elle contient à la fois ce qui existe, ce qu'on idéalise, ce qu'on voudrait et ce que l'on souhaiterait oublier. Certains individus développent particulièrement la part relevant de l'imaginaire et correspondant à ce qu'ils aimeraient être vraiment. On se reconstruit ainsi une petite biographie personnelle plus présentable que la dure épreuve du réel. On finit par y croire d'ailleurs, et cela contribue tellement à la constitution du narcissisme, à l'amour que l'on a de soi, à son ego que tout ce qui est vécu comme mettant en danger ce monument intérieur déclenche des réactions violentes et disproportionnées avec leur cause. Le risque est grand. C'est tout l'édifice qui s'écroulerait. Ce n'est pas vraiment du mensonge puisqu'on se leurre d'abord soi-même. L'enfant ne fait pas autre chose lorsqu'il construit ses jeux imaginaires dont il est le héros, mais il sait, lui, revenir au réel quand le jeu est terminé.

Parfois, et ce n'est pas incompatible avec ce qui vient d'être évoqué, ce sont les autres qui nous fabriquent au plan symbolique une petite mythologie personnelle. La parole d'un autre nous a assigné un rôle dont le contenu symbolique se retrouve régulièrement sur la route de notre existence. À force de s'entendre dire par une mère ou par un père : « Ce que tu peux être maladroit ! », on s'investit dans ce rôle pour le restant de l'existence en disant qu'on a toujours été maladroit.

Chaque être humain a bâti son psychisme autour de mythes personnels, de symboles qui fondent la représentation qu'il a de lui-même et qu'il renvoie aux autres. C'est pourtant toujours par la parole d'un autre que cette trame symbolique a été tissée.

Dès qu'on est dans l'affectif (donc le symbolique) et l'imaginaire, notre univers psychique est beaucoup plus peuplé par des représentations que par le réel. C'est différent dans le domaine de la pure connaissance où c'est l'inverse. Néanmoins, on ne « voit » jamais les gens et les objets tels qu'ils sont vraiment, on se les représente.

La neuropsychologie au niveau le plus élémentaire nous apprend que notre cerveau nous « fait voir » ce que nous regardons d'une manière convenue et qui ne correspond pas à la réalité physique de l'objet. Si je regarde une rangée d'arbres, je vois la représentation mentale d'une rangée d'arbres et pas les détails physiques de ce que chacun d'entre eux est vraiment. Déjà le monde réel de la nature est, dans les circonstances habituelles de l'existence, un monde de représentations. Testez cette affirmation par vous-même. Peut-être prenez-vous tous les jours le même chemin pour vous rendre sur votre lieu de travail. Vous êtes passé des centaines de fois, depuis tant d'années, devant les mêmes boutiques et les mêmes maisons de votre rue. Pouvez-vous, sans vous tromper reconstruire mentalement la couleur de chaque porte et ses caractéristiques ? C'est peu probable. Vous croyez connaître parfaitement cette rue. En réalité, vous n'en avez qu'une représentation idéalisée.

C'est pire encore pour notre psychisme. On ne voit pas cette dame en face de nous telle qu'une photo la représenterait. On « voit » sa mère, et c'est avec d'autres yeux que la vision. D'ailleurs, on ne se reconnaît jamais soi-même sur une photo. Peut-être ne voit-on bien qu'avec le cœur, mais on est très éloigné de la réalité objective. On ne « voit » que nos représentations. Elles nous sont personnelles et constituent la réalité de notre monde. C'est pourquoi la communication est si difficile car on ne parle jamais de la même chose. Mes représentations ne sont pas les vôtres et Pirandello avait raison d'affirmer que dans la vie, c'est « à chacun sa vérité ». Pour se comprendre il faudrait pouvoir échanger et confronter nos représentations réciproques.

Les représentations de soi-même et des autres

Vous êtes-vous déjà demandé ce qui fait que vous êtes vous-même et pas un autre ? Vous avez conscience d'être unique et personne ne songe à vous confondre avec votre frère, avec votre sœur, même si des étrangers peuvent confondre certains vrais jumeaux. Pourquoi avez-vous le sentiment que personne ne peut savoir mieux que vous-même qui vous êtes réellement, même si parfois vous souhaitez approfondir cette connaissance ? Qu'est-ce qui explique cette singularité qui fait que personne n'a été identique à vous-même dans l'histoire de l'humanité et que personne ne le sera jamais ?

Pourtant, les êtres humains se ressemblent. On dit en parlant de l'autre : « Mon semblable, mon frère. » Les savants affirment que nos gènes sont presque identiques à ceux des grands singes et même pas tellement différents de ceux de la mouche du vinaigre. La science décrit notre corps jusque dans son intimité moléculaire. Elle nous dit qu'il n'existe pas de différence entre les hommes et elle explique comment fonctionnent les cellules de notre cerveau. Nos organes sont largement interchangeables, comme le montrent les vies sauvées grâce à des greffes.

Cependant, pourquoi vous et moi savons-nous que nous sommes uniques au monde ? Vous êtes, certes, un représentant de l'humanité mais, contrairement à l'adage, vous êtes irremplaçable ou plus exactement personne ne peut se substituer à vous.

Alors, où est la différence ? Elle porte un nom. On l'appelle le psychisme. Impalpable mais perceptible par tous, notre psychisme constitue notre identité pendant le temps de la vie. Il est notre vie. C'est un édifice invisible, même par imagerie cérébrale, qui fonde ce que nous sommes, tel que les autres nous perçoivent. Cette vie psychique ne nous est pas donnée en arrivant au monde. Elle s'élabore petit à petit au cours de l'existence. Notre cerveau à la naissance possédait la matière capable de lui permettre d'émerger puis de se développer et de se façonner. Mais la matière sans l'outil serait demeurée informe. L'outil, c'est la rencontre avec la parole de l'autre. Cette parole porteuse de sens et de symboles, entendue dès les premières secondes de notre existence va nous constituer comme être humain. La parole est le sculpteur de notre vie. On naît homme, mais on devient humain. On le devient plus ou moins selon les circonstances, et certains hommes sont même franchement inhumains.

Nous sommes donc capables d'avoir non seulement une conscience de notre présence au monde, vivants et éveillés (on n'a pas conscience de soi dans le sommeil), mais d'avoir aussi conscience de ce que nous sommes, c'est-à-dire du contenu subjectif de notre psychisme. Il s'agit de deux niveaux de conscience différents : savoir que l'on existe, que l'on est différent d'autrui et savoir qui l'on est grâce aux représentations que l'on a de soi-même. Le premier niveau (mental) de conscience commence à être expliqué (c'est le « comment ») par les neurosciences. Le second niveau purement psychique (c'est le « pourquoi ») ne peut être abordé que par l'introspection, le travail d'interrogation sur soi-même, ou par l'échange de parole avec un autre être humain. C'est le cas par exemple dans les psychothérapies.

La distinction entre nous-même et les autres se situe également à ces deux niveaux, mental et psychique. L'un est du domaine de la cognition universelle, partagée par tous les hommes, l'autre est du domaine de la représentation d'aspects subjectifs et qualitatifs, apanage d'une personne unique. L'aspect neurocognitif de la distinction entre nous-même et les autres commence à être étudié scientifiquement. Un fil conducteur est représenté par le phénomène de l'empathie. Il s'agit de cette disposition mentale – et non psychique – de se mettre à la place d'autrui pour comprendre ses émotions – et pas ses sentiments – sans pour autant les partager, ce qui serait de la sympathie. L'empathie nous permet d'accéder à l'univers mental de l'autre en le différenciant de notre propre univers. Cette approche scientifique marque un réel progrès dans l'élucidation des bases neuropsychologiques de l'intersubjectivité. Une synthèse passionnante des travaux dans ce domaine a été récemment proposée par Alain Berthoz et Gérard Jorland dans un ouvrage collectif[2]. Tous ces travaux, aussi remarquables soient-ils, étudient les processus physiologiques de l'empathie, les voies qu'elle doit suivre pour exister, mais pas son contenu. On peut peut-être décrire comment se produit l'empathie entre les hommes, mais on ne peut pas, de cette manière, avoir accès au sens qu'elle contient pour celui qui la met en œuvre. On peut étudier l'intersubjectivité dans ses mécanismes par l'investigation scientifique. On ne peut pas, par cette méthode, avoir connaissance de son contenu individuel qui ne se livre que par la parole.

La relation aux autres

Notre vie psychique nous permet d'avoir une représentation de nous-même et des autres qui nous est personnelle et qui est donc différente dans son contenu qualitatif et subjectif de ce qu'elle est chez toute autre personne. C'est aussi notre vie psychique qui colore de manière spécifique nos relations aux autres même si les mécanismes comportementaux (qui ne sont pas des conduites individuelles) et sociaux qui les régissent sont communs ou largement identiques chez les hommes appartenant à une même culture.

Nous construisons cette relation aux autres, qui nous est absolument indispensable, dès les premiers instants de notre vie. Et cette relation quasi symbiotique au début avec ceux qui nous élèvent tend progressivement vers l'autonomie et l'éclectisme des choix relationnels.

La question de l'identité est fondamentale dans ces relations aux autres. La représentation que nous avons de nous-même telle qu'elle a été décrite précédemment nous permet de ne pas nous confondre avec un autre, du moins dans la situation d'un psychisme non perturbé par une pathologie, ce qui est la seule éventualité abordée dans ce livre.

En revanche, nous avons besoin d'être identifié par les autres et en particulier par ceux qui ne nous connaissent pas, tels les représentants des institutions de l'État. La lutte contre le terrorisme a conduit à de nouveaux outils d'identification qui remplaceront peut-être les « papiers d'identité » si faciles à falsifier. Des cartes à puce sécurisées contiendront des éléments distinctifs de chacun d'entre nous, se référant à des aspects du corps qui nous sont spécifiques comme les empreintes digitales, mais aussi la forme du visage ou le dessin de l'iris de l'œil. En attendant la signature ADN…

On voit que la notion d'identité n'est pas simple et qu'il existe deux pôles quasi antagonistes et pourtant complémentaires que sont la subjectivité de la représentation de soi et l'objectivité de critères anthropométriques. Ces deux aspects n'épuisent pas la question quand on voit la diversité des disciplines qui s'intéressent à l'identité : psychologie, psychanalyse, psychologie sociale, sociologie, anthropologie, etc.

Les patronymes français montrent que bien souvent l'identification de chacun consistait à lui attribuer une identité liée à sa profession ou à des circonstances évoquant sa venue au monde lorsqu'il avait été abandonné à la naissance. Il en est ainsi des patronymes comme Charpentier, Couvreur, Boulanger, Deléglise, Perron, etc. Les régions vinicoles ont vu fleurir les noms de Desvignes, Vignon, Pinard, etc. La catégorisation sociale joue un rôle important dans l'identification. Ce processus très complexe a été remarquablement abordé par Jean-Claude Kaufmann[3].

On ne peut qu'effleurer la richesse des composantes de l'identité. Pourtant, il est clair que, lorsque l'on est invité à se présenter, il est quasiment impossible de faire un choix pour décrire en quoi on est unique et différent des autres. Ce sont les catégorisations sociales qui sont avancées en premier : nom, filiation, profession, titre, fonction... Il faut des conditions particulières pour se définir par une appartenance, une conviction, une passion. Et pourtant, même en multipliant les spécificités, rien n'est suffisant pour décrire l'unique. Comment intégrer dans son identité son histoire passée, ses activités présentes et ses capacités futures ? Les autres nous « identifient » donc selon des critères divers, mais, chez eux aussi, la subjectivité de leur psychisme joue un rôle important. Sympathie ou antipathie lors d'un premier contact sont fondées sur cette subjectivité mais pourront être modifiées lorsque des échanges se seront développés.

Dans ce théâtre de la relation, chacun ayant une représentation de soi-même et une représentation de l'autre, des échanges vont pouvoir s'établir. L'objet de cet échange ou de cette relation peut appartenir au réel matériel, au symbolique ou à l'imaginaire. En réalité, l'objet emprunte toujours aux trois registres, quel qu'il soit, parce que c'est la représentation de notre psychisme qui le construit comme objet privilégié par nous-même. On appellera relation d'objet, par commodité, ce type de relation à laquelle nous donnons un sens qui nous est personnel. Il peut s'agir d'un être humain investi par nous-même d'une charge affective, symbolique et imaginaire, qui fait qu'il compte pour nous et ne nous est pas indifférent. Tous les registres sont possibles : la famille, l'autre dans le couple, ceux que l'on côtoie dans la vie professionnelle, sociale... Ce qui est projeté peut être de l'ordre des sentiments (amitié, amour, haine), du lien social (hiérarchie), etc. Il peut aussi s'agir d'un véritable objet du réel, mais dont la matérialité sera transformée par nos constructions psychiques symboliques et imaginaires. Il en va ainsi d'une maison et, d'une manière générale, de tout objet qui est pour nous plus qu'un objet parce qu'il n'est plus neutre et utilitaire mais contient un sens particulier. Le lien à un animal familier est de cette nature. Il peut s'agir aussi d'une fonction, d'un métier, de l'argent, des honneurs.

Ainsi définie la relation d'objet n'a guère d'analogie avec la manière dont cette expression est utilisée par la psychanalyse. Les termes d'« objet » ou de « relation d'objet » possèdent en psychanalyse des acceptions diversifiées et complexes qui se sont d'ailleurs modifiées au cours du temps et qui peuvent également différer selon les auteurs.

C'est au sens proposé ici que la relation d'objet permet de comprendre pourquoi notre psychisme nous amène au désir, à l'espoir, à la déception, au deuil, à la souffrance comme à la sérénité et au bonheur. Gratification et frustration sont des sentiments liés à des représentations psychiques fonctions de ce que nous investissons dans la relation d'objet et qui produisent du plaisir ou du déplaisir au sens purement psychique et non physique. Être heureux ou malheureux est le propre de l'humain et, s'il faut un cerveau pour le ressentir, il faut du symbolique et de l'imaginaire pour le produire. Lorsque, en expérimentation animale, on parle de « récompense » et de « punition », si l'on stimule certains circuits neuronaux, on se réfère à la représentation psychique de l'expérimentateur qui se projette dans ce qu'il inflige à l'animal. Ce qui est produit, c'est de la satisfaction physiologique ou de la douleur (une sensation), mais pas du bonheur ou du malheur (une représentation).

Vie psychique et sexualité

Comment parler de vie psychique sans parler de sexualité ? Il faudrait plus d'un ouvrage pour traiter ce thème. C'est pourquoi je ne peux ici l'aborder que de façon incidente. La psychanalyse a étudié de manière systématique tous les aspects de la sexualité et de ses avatars au cours de la vie psychique (la libido). La sexualité « génitale », le comportement sexuel sont communs à l'homme et à l'animal ; sa finalité est la reproduction de l'espèce. L'humanisation de l'homme, le développement d'un psychisme se référant non seulement au réel mais à l'imaginaire et au symbolique ont métabolisé la sexualité en des aspects multiples, souvent cachés ou transformés. Dans la culture occidentale, cet aspect protéen de la sexualité codifie les relations avec les autres au sein de la famille, du couple et de la société. La rencontre du réel de la sexualité avec l'imaginaire permet l'érotisme et la réalisation fantasmatique de désirs. La rencontre de la sexualité et du symbolique autorise des formes diverses de jouissance, des déplacements d'objets du désir et des substitutions multiples. Il ne s'agit que de quelques exemples pour montrer l'omniprésence de la sexualité dans la vie psychique ainsi que la complexité et la diversité des formes qu'elle peut prendre.

Vivre avec les autres

Cette vie psychique qui nous permet des représentations de nous-même et des autres au plan du symbolique et de l'imaginaire va s'ajouter à la vie mentale qui nous permet d'appréhender le réel grâce aux mécanismes cognitivo-comportementaux.

Ainsi constitué dans nos dimensions biologiques et psychiques, nous pouvons entrer dans la troisième dimension, le social, en interagissant avec les autres. Nous sommes en effet autant des produits des déterminants sociaux que de notre cerveau et de son capital génétique, ou de notre psychisme et de ses dimensions humaines acquises dans l'échange avec l'autre.

Sur le théâtre de la vie, nous avons à concilier en permanence la conservation de notre identité, qui repose sur nos différences avec les autres, avec notre appartenance à des groupes, ce qui suppose des caractéristiques communes, le partage de croyances à des mythes qui réunissent et la participation à des rituels et à des cérémonies qui rassemblent. Nous évoluons donc dans un univers de symboles et de sens dont les rituels et les cérémonies sont les manifestations concrètes.

Le mode de fonctionnement de notre société n'est pas universel. Le compromis permanent entre individualisation et appartenance est caractéristique du monde occidental. L'hyperindividualisation, qui est la tendance actuelle, centre l'individu sur lui-même, distend les liens d'appartenance et favorise l'isolement et la solitude.

À d'autres époques, pas si lointaines, les groupes, comme la famille, favorisaient la solidarité et l'appartenance, mais écrasaient l'individu et ses particularités. Les choix personnels (mariage par exemple) s'effaçaient souvent devant les intérêts ou les mythes du groupe. Dans d'autres cultures, l'individu n'existe que par son appartenance à la société, et sa propre vie n'a aucune importance en regard des exigences ou des besoins de la collectivité. La Chine de Mao en a été un exemple dont on connaît les détails aujourd'hui.

En ce sens, l'organisation sociale au moyen de ses outils symboliques (mythes et rituels) joue sur les représentations du psychisme de chacun. L'incompréhension entre les cultures est liée aux différences entre les organisations sociales (individualistes ou communautaires), dans lesquelles les psychismes se sont développés.

Les mythes que sont les croyances communes sont les signifiants qui organisent les relations d'appartenance. Les rituels et les cérémonies en sont les signifiés visibles qui matérialisent les liens et la solidarité quelle que soit la taille du groupe qui va de la famille à la nation.

L'analyse des systèmes de communication, appelée « systémie », s'est attachée à décrire comment fonctionnent ou dysfonctionnent ces ensembles symboliques. Un exposé d'une très grande clarté en a été apporté par Robert Neuburger, dans un ouvrage consacré au couple et à la famille[4].

Les mythes familiaux fondent l'existence de la famille et la croyance à ces mythes témoigne de l'appartenance.

Cette conviction partagée peut concerner une qualité, un défaut, une idéologie. « Chez nous, Monsieur, on a toujours été comme ça... » Dans les clans ou dans les tribus, le totem est investi d'une valeur mythique protectrice acceptée par tous et qui donne lieu à des cérémonies périodiques réactivant le mythe et rappelant les liens au sein de la tribu.

À une échelle beaucoup plus grande, les communautarismes et les religions sont organisés autour de mythes fondateurs. Ces dogmes n'admettent aucune mise en cause individuelle au risque de l'exclusion, ou pis encore si la mise en cause est considérée comme une profanation du sacré.

Les rituels sont les manifestations visibles de la croyance au mythe. Au sein des familles, on parle d'« habitudes ». Dans la famille biologique (parents-enfants-grands-parents), il existe toute une série d'« habitudes » qui signent l'appartenance au groupe et qui ne sont pas accessibles sans réticence aux étrangers. Les diminutifs, les sobriquets, souvent conservés jusqu'à l'âge adulte, sont des exemples de cette intimité, qui témoigne de liens privilégiés non partageables. La famille « élargie » aux cercles plus éloignés de la parenté ou aux belles-familles donne lieu aux « fêtes de famille » périodiques ou justifiées par des jubilés, des anniversaires d'ancêtres ou de mariages.

Le rituel a toujours eu pour but de rappeler le mythe et de resserrer les liens au sein du groupe en renforçant le sentiment d'appartenance. Les religions jouent ce rôle en liant le dogme aux événements de l'existence. Quels que soient les noms utilisés selon les religions, il existe des rituels qui marquent la naissance, la fin de l'enfance, le mariage et le décès. La France est un pays de tradition catholique mais la fréquentation des églises se fait rare, et la question se pose de savoir ce que devient le dogme lorsque le rituel hebdomadaire disparaît. Dans les familles de tradition catholique mais qui ne pratiquent plus les rituels, des événements de vie (baptême, communion, mariage, enterrement) persistent avec une finalité plus profane que religieuse et qui est l'affirmation de l'appartenance familiale. Au-delà de la famille, tous les corps constitués ont besoin de cérémonies pour refonder les mythes et rappeler l'appartenance. Il existe ainsi des cérémonies dans les entreprises (départ à la retraite), comme il existe des cérémonies municipales ou nationales. D'autres sont liées à des activités qui rassemblent et créent du lien comme le sport ou l'école. En général, les ingrédients des cérémonies et des rituels sont assez identiques et passent toujours par la parole qui joue comme outil à fabriquer du sens et du symbolique pour les représentations psychiques. Il n'y a pas de cérémonie publique, privée ou secrète, profane ou religieuse sans discours. Mais on y retrouve aussi de la musique, des insignes, des emblèmes, des drapeaux et souvent des récompenses.

L'organisation structurelle de la fête nationale est emblématique de ce qu'est le mythe. La cérémonie annuellement renouvelée affirme à l'échelle de la nation ce qui fonde les valeurs d'appartenance en évoquant le passé, le présent et l'avenir. On y trouve en effet : le pouvoir suprême, incarné par le président de la République, la force avec l'armée, la musique et les emblèmes, le souvenir et l'histoire, les remises de décorations, les commémorations aux morts et finalement l'ouverture des palais nationaux au peuple. La fréquentation et la ferveur de la foule au cours de telles cérémonies qui engagent le mythe de la nation sont un bon baromètre de l'unité nationale. Les situations sont intéressantes à comparer entre la France et d'autres pays du monde occidental.

Aujourd'hui, les grands groupes d'appartenance sont en évolution. La fréquence des divorces et des familles recomposées ou monoparentales a modifié les schémas d'autrefois. Les conditions économiques favorisant le chômage ont remodelé la notion d'appartenance professionnelle à une entreprise pendant la durée d'une existence.

J'ai travaillé à Clermont-Ferrand où l'usine de pneumatiques Michelin dominait l'économie locale. On naissait dans des dispensaires Michelin, on passait sa vie dans l'entreprise et même ses loisirs au stade Michelin. Le sentiment d'appartenance était très marqué et mes interlocuteurs se présentaient en disant : « Je suis un Michelin. »

On a vu que la religion catholique en France ne joue plus son rôle de création d'appartenance. L'identité individuelle est beaucoup plus affirmée et des réseaux d'appartenance multiples se créent pour pallier les manques et répondre au besoin de liens. Les cursus de grandes écoles, les passions communes, les pratiques de sport, les origines provinciales, les loisirs s'organisent en clubs, sociétés et diverses associations selon la loi de 1901. Quels que soient les désirs d'individualisme, le besoin d'appartenance est consubstantiel à l'être humain.

Certes, aujourd'hui on « cultive » sa différence par l'habillement ou tel accessoire visible qui permet une identification immédiate, surtout par ceux qui utilisent les médias. Un chapeau original, une écharpe de couleur feront l'affaire. Les « stars » rivalisent d'originalité dans ce domaine, mais aucun individualiste, sauf à être profondément pathologique, ne peut prétendre se passer des liens d'appartenance à un groupe humain. En revanche, les milieux où l'appartenance est si forte qu'elle constitue le groupe par essence ne peuvent tolérer les signes d'individualisme. C'est le cas dans l'armée et même dans certaines entreprises où l'uniforme est de rigueur au sens propre comme au sens figuré. Les groupes à forte connotation d'appartenance constituent une entité en interne par rapport à l'extérieur. Le groupe n'existe dans sa solidarité en tant que telle que lorsqu'il est attaqué ou mis en danger de l'extérieur. Cela n'empêche en rien les dissensions internes, les luttes intestines et les violences diverses. Les « grandes familles » et les partis politiques en fournissent des exemples multiples.

Les territoires de l'intime

Robert Neuburger a beaucoup insisté sur ce qu'il appelle « les territoires de l'intime ». Il propose ainsi trois espaces se référant au physique, au psychisme et aux compétences comme domaines dont il faut gérer l'imperméabilité ou l'accessibilité à l'autre dans les relations familiales et les relations de couple.

Le petit humain, après la période de fusion parentale, va organiser progressivement son autonomie, son indépendance et sa singularité sans pour autant renoncer à ses liens d'appartenance avec la famille. La conservation de certains rituels sont un très bon alibi pour conserver des liens même si on ne croit plus au mythe familial. Les célébrations diverses jouent ce rôle (fêtes de famille, anniversaires). L'adolescence est une période très difficile où se construit quelque chose de nouveau qui ne doit pas détruire ce qui a existé. L'adulte aura, en principe, finalisé l'organisation de ses territoires de l'intime. L'espace physique, c'est l'être lui-même, son corps, son habitus, le territoire qui lui est propre. Cet espace qui n'appartient qu'à nous et sur lequel on ne tolère aucune incursion non autorisée. Cet espace physique peut se prolonger à quelque distance du corps, ce qui est réglé par la culture. Les Anglo-Saxons ne tolèrent pas d'être physiquement approchés plus près que ne l'autorise le bras tendu. On ne touche pas un interlocuteur. C'est la distance du *shake hand*. Les Espagnols vous serrent sur leur poitrine dans un *abrazo* fougueux même s'ils ne vous connaissent pas intimement. Toute la codification des baisers, « bises » et « bisous » entre dans cette sphère.

L'extension de l'espace physique peut concerner des territoires ou des objets matériels. Ils sont alors vécus comme le corps propre de la personne et aucune intrusion n'est autorisée. C'est la notion de propriété. « Cela m'appartient. » Si cette extension démarre chez l'enfant avec son cri de colère : « Touche pas à mes affaires », cela peut se poursuivre chez l'adulte avec la notion de « territoire » personnel (pièce, meuble, etc.) dans la maison, jusqu'à la violence parfois meurtrière sur un quidam qui a abîmé une automobile ou traversé un champ.

L'espace psychique, c'est la pensée, les croyances, les sentiments. Avec qui va-t-on les partager ? À qui va-t-on les livrer ? C'est donner à l'autre un peu de son espace psychique intime. « Tu dois tout me dire ! » est une violation d'un espace intime.

L'espace de compétences est représenté par l'agir et le savoir-faire. Que se passe-t-il lorsqu'un couple se forme ? Chacun doit-il conserver intact son espace de compétences et gérer séparément les ressources du couple et les tâches matérielles ? La gestion de l'espace de compétences aboutit en général à une distribution des rôles ou à une alternance. L'un s'occupe des factures et l'autre de l'organisation des loisirs. Un tour alterné est établi pour descendre la poubelle ou faire la vaisselle. Chaque couple ou chaque famille distribue ainsi les tâches ce qui, bien évidemment, permet les soumissions quand on accepte ou les rébellions quand on refuse.

Ces différents espaces de l'intime sont donc ouverts ou fermés à l'autre, totalement ou partiellement, quand on n'est pas amené à y renoncer parce que l'autre veut « tout ».

Il faut bien partager un peu ces territoires personnels si l'on veut bénéficier de l'appartenance qui suppose une mise en commun. Il existe des situations, par exemple dans les rapprochements familiaux, où des appartenances contradictoires peuvent surgir. Des conflits de loyauté naissent alors par incompatibilité d'appartenance. C'est le cas parfois des adolescents déchirés entre les valeurs familiales et celles contradictoires des groupes de leur classe d'âge. Vivre, c'est choisir, et s'affirmer nécessite du doigté et de la loyauté.

Le couple constitue une cellule sociale bien particulière qui oblige à des réaménagements des espaces de l'intime sans mettre en péril l'individualité de chacun. Un couple, constitué de « deux moitiés », c'est autre chose que deux personnes vivant ensemble. La société reconnaît au couple des droits sociaux et fiscaux particuliers. Les relations sociales deviennent différentes. Les invitations ne peuvent pas systématiquement concerner toujours la même « moitié » du couple. Ce qui est mis en commun dans le couple est ce qui constitue son identité de couple. Il peut s'agir de biens matériels qui, dès lors, sont investis d'un sens symbolique particulier, des habitudes communes ou du partage de l'intime de chacun. Des situations de symétrie se créent dans l'échange (chacun à l'identique) ou des situations de complémentarité (réunion des différences). Les territoires de l'intime sont mis à l'épreuve et les concessions peuvent être très variables sans jamais aboutir à une occupation totale du territoire de l'autre qui mettrait en cause son individualité. Tous les espaces sont concernés. L'espace physique concerne le corps, et la sexualité partagée ne dispense pas de la préservation d'une intimité du corps de l'autre en dehors des activités sexuelles et d'un respect de la pudeur. L'extension de l'espace physique est souvent en cause dans des négociations à propos de la salle de bains et de ses ustensiles, des WC et de leur utilisation ou du lit et du côté occupé.

Le partage de l'espace psychique connaît aussi des limites, même si une mise en commun est nécessaire à l'harmonie à propos des goûts et des idées. Des engagements politiques ou religieux militants et contradictoires peuvent soulever des difficultés.

Le partage des compétences concerne les responsabilités morales et matérielles comme l'éducation des enfants ou la gestion de la maison, des finances, des sorties et des loisirs.

Dans tous les cas, l'harmonie repose sur le dosage entre le partage, les mises en commun et le respect des espaces intimes de chacun sans conflit de loyauté. On voit combien, ici encore, tout se joue dans le mélange du réel, du symbolique et de l'imaginaire.

Lorsque le couple crée une nouvelle famille autonome avec la venue des enfants, de nouvelles dynamiques apparaissent. Il aura déjà fallu régler la question au sein du couple de l'appartenance à deux familles différentes. Les mythes familiaux ne sont pas les mêmes, les habitudes, les goûts, les statuts sociaux peuvent être différents. La question des conflits de loyauté est parfois posée jusqu'à ce que la constitution d'une nouvelle famille autonome avec ses propres mythes atténue l'intensité des comparaisons. Le temps des « Chez moi, on ne met pas d'ail dans le gigot » finit par passer, mais un des conjoints peut parfois être vécu éternellement comme une « pièce rapportée » qui ne pourra jamais créer de liens d'appartenance avec sa belle-famille. S'il en crée trop, c'est à l'égard de sa propre famille qu'il sera en conflit de loyauté. J'ai le souvenir d'un ouvrier agricole extrêmement robuste qui avait épousé la fille unique de riches fermiers et qui travaillait pour sa belle-famille. On lui faisait quotidiennement sentir la différence de statut social. Comme je lui demandais quel était son métier, il m'a répondu : « Je fais gendre chez les Untels. »

La nouvelle famille étant constituée, les espaces intimes communs vont encore se modifier avec une appropriation de territoire physique par les enfants (« ma maison ») qui y vivront plus dans le symbole (« chez moi », « chez nous ») que dans un logement. Leurs territoires psychiques et leurs domaines de compétences seront partiellement occupés par leurs parents qui leur communiqueront leur culture, leurs croyances, une éducation, des savoir-faire jusqu'à ce qu'un jour ils créent leur propre autonomie.

Intermède pratique

Toutes les notions évoquées à propos de l'organisation du psychisme, les concepts de signifiants ou la description des territoires de l'intime chers à Robert Neuburger peuvent paraître abstraits, théoriques et sans applications concrètes dans la vie quotidienne. Je voudrais vous montrer qu'il n'en est rien à partir d'exemples concrets.

Le premier exemple concerne ce que véhicule le mot « vin » en France et les raisons pour lesquelles une récente campagne antialcoolique lancée dans ce pays est vouée à l'échec. Une chercheuse de l'université de Bordeaux a consacré sa thèse de doctorat en psychologie aux représentations véhiculées par le vin chez de jeunes adultes[5]*. Son travail a consisté à rechercher, au moyen de questionnaires et d'entretiens, les représentations suscitées par le vin au sein de trois groupes d'étudiants âgés de 18 à 31 ans. Ils se répartissaient en deux groupes ayant un savoir profane du vin, originaires de la région bordelaise ou bien d'une région non viticole (Limousin), et un groupe possédant un savoir expert, composé d'étudiants en œnologie. La méthodologie de l'étude visait à cerner la pensée publique, c'est-à-dire les représentations sociales, la pensée privée qui s'est révélée attachée aux transmissions familiales et la pensée intime empreinte de subjectivité et de sens propres à chacune des personnes interrogées. Ce travail a montré que, dans la culture française, le vin engendre des représentations collectives associées à la notion de rite de passage à l'âge adulte, au plaisir, aux repas, à la famille. Les sens privés étaient liés à la transmission entre générations et au rôle capital de la famille. Le mot « vin » possède d'autres sens passant de la société à la famille pour avoir finalement un sens précis pour chaque personne interrogée. C'est la subjectivité de chacun qui s'est exprimée dans les sens intimes, différents selon le sexe, car le rapport à une figure paternelle était constant.*

Les sens que prend le vin appartiennent donc en France à la fois au patrimoine culturel des représentations collectives, aux mythes organisateurs des familles et à l'histoire personnelle de chacun. Il est certain que si ce travail avait été mené à propos de la tequila, il n'aurait pas abouti aux mêmes résultats.

C'est dans ce contexte de sens multiples qu'une campagne de sensibilisation aux risques de l'alcool a été lancée en France. Elle assimilait toutes les boissons contenant de l'alcool et mettait sur un pied d'égalité le vin, le whisky, la bière, etc. Elle associait la consommation à un risque cumulé, à chaque nouveau verre absorbé, avec le symbole d'un sablier figurant le temps qui conduisait inéluctablement au cancer et à la mort. Il est peu probable qu'un tel message dans sa violence mortifère négative soit capable d'entrer en compétition avec la puissance des sens culturels, privés et intimes très positifs associés à la famille, au père, aux repas et au plaisir. Le pari peut être pris qu'une telle campagne ne diminuera en rien la consommation de vin parce qu'elle ne sera même pas associée dans l'inconscient des gens aux sens du mot « vin » qui sont antinomiques avec les images proposées. Ce qui a fait légèrement baisser la consommation de tabac, ce n'est pas de marquer sur les paquets de cigarettes que cela provoque le cancer, c'est d'augmenter leur prix. Quand on veut communiquer de manière efficace, mieux vaut connaître à l'avance les sens collectifs ou familiaux de ce dont on parle. La rencontre du réel et du symbolique, quand les contenus sont contradictoires ou opposés, suscite bien souvent le refus ou le déni.

Voici un second exemple des applications pratiques que tout lecteur peut tester dans sa vie quotidienne.

Les trois territoires, physique, psychique et de compétences, peuvent se prolonger au-delà de la personne. Le territoire physique du corps peut s'étendre à des pièces ou à des lieux, à la maison ou au travail, qui sont interdits à un tiers comme s'il s'agissait du corps de la personne elle-même ou de ce qu'elle incarne. L'extension du territoire psychique, normalement dévolu à la pensée, aux idées, aux croyances peut concerner des idéologies. Qu'elles soient religieuses, politiques ou scientifiques, ces idéologies, prolongement du psychisme de celui qui les exprime, sont défendues face aux contradicteurs avec une véhémence parfois violente, car leur mise en cause met en danger l'identité même de celui qui les exprime. Cela devient une question de vie ou de mort psychique. Le débat est impossible et il vaut mieux arrêter la discussion.

Le domaine du territoire de compétences soulève la question des rapports entre le savoir ou le savoir-faire et le pouvoir. Celui qui incarne son identité personnelle dans son savoir va le protéger et refuser de le partager. On garde les informations pour soi sans les partager. L'obsession du secret est de cet ordre, comme si la moindre parcelle d'information donnée à l'autre constituait une hémorragie du pouvoir qui constitue l'identité de celui qui le conserve obstinément. L'impossibilité de partager les décisions ou de déléguer le pouvoir de décision relève du même mécanisme. Comme ces différentes excroissances des territoires de l'intime peuvent être cumulées, on imagine ce que cela peut produire comme ambiance dans une entreprise ou une collectivité professionnelle. Le « chef » incarne son identité psychique dans son titre, sa fonction, son savoir. Le partage est impossible, il en faut toujours plus pour une satisfaction jamais atteinte.

La fraude dans les résultats scientifiques est beaucoup plus fréquente qu'on le croit. On le découvre dans la litté-

rature spécialisée de langue anglaise qui dénonce ces pratiques, et elle relève le plus souvent de ces mécanismes. Le chercheur veut prouver qu'il a raison, son hypothèse devient sa raison de vivre et son identité psychique se confond avec le domaine de ses idées. Narcissisme et ego se dilatent en se situant exclusivement dans ses publications et la tentation peut être grande de forcer un peu les résultats parfois sans véritable intention de fraude. Les plus grandes revues scientifiques se sont laissé abuser et les équipes au sein desquelles se trouve le chercheur n'ont en général rien vu de la manœuvre.

Le lecteur pourra comparer ces quelques exemples à son expérience personnelle dans la vie quotidienne et y retrouver des situations analogues.

CHAPITRE IV

Donner

Ce que nous sommes résulte des perpétuels échanges avec les autres humains. Leur perte nous déshumanise. Les raisons peuvent être diverses : prison, milieu social clos, embrigadement, solitude, confinement sans liens sociaux, vieillesse, perte de l'entourage, démence par disparition progressive des outils cérébraux de l'échange. Les circonstances sont multiples, mais le résultat est toujours identique : nous cessons de donner et de recevoir.

L'échange implique un double courant entre nous et les autres, et la pondération équitable permet d'atteindre un équilibre relationnel. On ne peut pas toujours donner sans jamais recevoir, que ce soit dans la relation duale, dans le groupe ou dans la société. Toujours recevoir sans rien donner est tout aussi dangereux : l'équilibre psychique ne pourrait être assuré. La nature de l'objet de l'échange importe peu et la disproportion quantitative peut exister, mais la réciprocité est essentielle. Qu'il s'agisse d'amour, d'argent, de confiance – on peut multiplier les exemples dans tous les domaines du réel, du symbolique ou de l'imaginaire –, le don ne peut être unilatéral. Au sein d'un couple, dans les relations parents/enfants, dans la vie sociale, ou professionnelle, ce principe se vérifie toujours. On ne donne pas de cadeaux sans que l'autre puisse y répondre, de manière aussi modeste soit-elle. On ne donne pas longtemps de l'amitié sans réciprocité. Peu importent les signes de cette réciprocité. L'amour à sens unique devient une pathologie. L'État ne saurait assister trop longtemps certains de ses citoyens sans aucune contrepartie, sauf à créer des catastrophes.

Donner implique donc toujours de recevoir et force est de reconnaître que, si on veut recevoir un jour, il faut être capable de donner. C'est la base même de la solidarité. On n'est jamais seul au monde et nous avons besoin des autres comme ils ont besoin de nous. Rien de cynique ici.

Donner, c'est toujours transférer à l'autre un peu de soi, qu'il incorpore à la fois comme un signe d'alliance et comme une reconnaissance de ce qu'il est. Tout objet de don est investi d'un sens, parfois différent pour celui qui donne et pour celui qui reçoit, et qui peut donner lieu à des interprétations, à des comparaisons, à des évaluations. « Je t'aime plus que tu m'aimes. » « Le cadeau que mes parents ont donné à ma sœur vaut beaucoup plus cher que celui que j'ai reçu. » Dans d'autres circonstances, c'est l'intention qui est interprétée. La manière de recevoir est aussi un acte relationnel qui n'est pas neutre et a valeur de réponse. Mais on ne donne pas que des objets matériels ou des sentiments. On donne par sa parole, par sa présence, par son aide et, qualitativement, cela peut être peu ou beaucoup. Donner et recevoir, quel que soit ce qui s'échange, est imprégné de sens intime, privé (limité aux proches), social et culturel. Le sens est différent dans ces registres selon les personnes, les groupes et les cultures. Il existe cependant un dénominateur commun, universel et intemporel : l'échange a fondé l'humanité de l'homme et l'échange de parole en est le socle spécifique.

Ce qu'est l'échange au cours de la vie peut s'apprendre sous l'effet de la nécessité et des circonstances. Une amie me faisait remarquer avec pertinence que les conditions de la vie familiale jouent sur cette capacité et pèsent d'un certain poids sur les aptitudes à l'échange, aux relations sociales, à la solidarité une fois adulte. Rien n'est jamais fixé définitivement et les relations intrafamiliales ne sont pas toujours idylliques. Cependant, on peut penser que l'enfant unique qui n'aurait jamais eu à partager l'amour de ses parents et leurs gratifications diverses avec des frères ou sœurs connaîtra une découverte plus tardive de l'échange que ceux qui ont été élevés dans des familles nombreuses. La solidarité, la répartition des tâches, le partage, la tolérance, l'aide aux plus jeunes, le sens des responsabilités : tout cela peut faire – sans angélisme naïf – qu'un homme, ou une femme, issu de ces creusets particuliers aura une expérience précoce plus large que l'enfant unique. La tolérance à la frustration, à la séparation sera peut-être meilleure et les rapports frères/sœurs anticipent un peu de ce que sera la vie en société entre les hommes et les femmes. On ne saurait systématiser et généraliser, mais l'individualisme ou le sens du groupe se sont peut-être amorcés lors de ces expériences différentes.

Aimer

L'amour au sens le plus large du terme et selon ses différents modes d'expression est la forme d'échange la plus nécessaire et la plus créatrice de lien entre humains. Le manque ou la perte d'amour est à l'origine de souffrances très importantes et le deuil d'un être cher est avant tout la perte définitive de cet échange. On ne pourra plus donner ni recevoir de l'amour. Seuls subsisteront un amour unilatéral et fantasmé, une représentation du passé avec des rituels et une fétichisation des souvenirs. Le déséquilibre, l'absence de réciprocité dans l'échange d'amour ne peuvent durer longtemps dans les conditions ordinaires de l'existence. Persister à aimer un être encore vivant qui vous a quitté et ne vous aime plus relève du deuil impossible et renvoie à une incapacité de s'adapter au changement.

La relation d'amour se fonde et s'apprend dans les relations parentales et familiales. Avoir été aimé et avoir aimé sa famille donnent une capacité à établir un tel lien à l'âge adulte avec ses proches, ses enfants et ses amis. À l'inverse, des souffrances psychiques et des difficultés relationnelles sont souvent liées à cette carence d'amour et de ses manifestations au cours de l'enfance. « Ma mère ne m'a jamais pris dans ses bras. Personne ne m'embrassait jamais quand j'étais enfant. » Quel que soit le destinataire de notre amour, nous sommes engagés tout entiers dans cette relation qui ne fait pas le tri entre les pépites et les scories chez l'autre. Même si on peut parfois dire « Ce que j'aime chez toi, c'est ça... », c'est une figure de style. L'amour est une relation qualitative qui obéit à la loi du tout ou rien, et les nuances quantitatives que l'on y met exigent de s'interroger sur soi. On le sait bien, quand un enfant en colère ou boudeur dit : « Je ne t'aime plus » ou « Je t'aime encore un peu », c'est un jeu pour affirmer sa distance ou sa puissance dans l'instant. Confronté à une frustration par celui qui vient de le réprimander, il met en jeu l'essentiel, à titre de représailles.

Le conflit entre son émotion négative à l'égard du parent qui vient de le punir n'est pas conciliable avec le sentiment d'amour pour celui-ci. La disproportion est tellement flagrante qu'elle n'a de crédibilité ni pour l'enfant ni pour le parent. Chez l'adulte, même si des vestiges de ces comportements peuvent subsister, c'est plus complexe.

On peut parfois croire qu'on aime encore ou le faire croire alors que seules subsistent l'habitude et les apparences. Lorsque le sentiment d'amour est réel, il est inconditionnel et, en cas de rupture complète, s'il y a reconstruction, elle ne sera jamais à l'identique. On sait aussi que les apparences peuvent être trompeuses et que tel amour qui semblait éteint était en veilleuse, mais n'avait pas totalement disparu. Ce sont les manifestations de l'amour qui sont quantitativement modulables, pas sa réalité.

Il faut distinguer aussi qui est l'objet d'amour, comment ce lien s'est formé, comment il s'est entretenu (par la symétrie) et depuis combien de temps il existe. Les situations ne sont pas les mêmes entre des parents aimants et leurs enfants, et au sein d'un couple où la sexualité et d'autres éléments interviennent. Les relations entre l'amour et la sexualité sont complexes. Le désir sexuel est indépendant du sentiment amoureux mais peut lui être associé. Dans ces cas, le mot « amour » désigne-t-il toujours un sentiment de même nature ? Être « follement » amoureux(se) pendant huit jours ou trois mois, est-ce identique à aimer pendant vingt ans (ou plus si affinités...) ? Le désir sexuel et l'amour constituent-ils une entité particulière au sein de laquelle ce dernier perd les caractéristiques communes aux autres formes où le désir sexuel est absent ?

Finalement, existe-t-il un dénominateur commun, un « noyau central », identique dans toutes les formes d'amour ? La biologie, le comportementalisme, la psychanalyse, la philosophie et même la religion ont essayé de répondre à ces questions. Aucune réponse n'est vraiment satisfaisante. La vérité est dans l'intimité de chacun et l'amour reste un mystère. La seule certitude, c'est que l'amour échangé, partagé, quelle qu'en soit la forme, est nécessaire au psychisme humain.

En dehors de l'amour directement lié à la sexualité et de la passion amoureuse, que l'objet soit réel, imaginaire ou symbolique, on utilise en général le terme « amour » quand il existe un lien de parenté. On lui donne alors un qualificatif : amour parental, filial, fraternel... On qualifie d'amitié le lien qui s'est tissé entre personnes n'ayant pas d'éléments généalogiques en commun. J'adhère à la position de Jacques Derrida qui pensait que la distinction entre l'amour et l'amitié n'était pas possible. L'engagement, la nécessité de la réciprocité, la force du lien, la nature même de l'échange qui crée de l'appartenance ne sont pas différents entre une amitié authentique et le sentiment d'amour pour un membre de sa famille. Amitié est un mot dont le sens ne doit pas être galvaudé.

L'amitié est rare, son alchimie est complexe et procède à la fois de la symétrie et de la complémentarité entre deux êtres. Il faut qu'il y ait des aspects identiques qui rassemblent (ou au moins des contradictions qui ne soient pas incompatibles) et des éléments complémentaires qui reposent sur les différences identitaires. On parle souvent d'amitié au sens atténué, quand il existe simplement des affinités, des intérêts communs, des possibilités d'entraide parce que l'amitié a une véritable fonction sociale beaucoup plus souvent qu'elle n'est échange de l'intime.

La passion amoureuse n'est pas une situation habituelle. C'est une pathologie transitoire dans laquelle la raison n'a plus grand rôle. On dit qu'il n'existe que trois passions : l'amour, la haine et l'ignorance. Il est vrai que certains aveuglements, certaines façons forcenées de ne pas vouloir savoir, certaines ignorances délibérées de pans entiers de connaissances qui sont dévalorisées pour justifier un véritable fanatisme relèvent de la passion.

Un très beau numéro de la revue *Cliniques méditerranéennes* a été consacré aux aspects psychanalytiques de la passion et de l'amour[1]. Certains aspects pathologiques de l'amour y sont abordés soulignant en quoi il ne s'agit pas d'amour, comme l'utilisation de la jouissance chez le pervers pour instrumentaliser l'autre.

L'amour de soi comporte également différentes facettes. Le narcissisme est un concept psychanalytique complexe renvoyant à des acceptions différentes selon qu'on parle d'une étape du développement de l'enfant, d'une organisation de la personnalité, d'une pathologie. Dans le langage courant, on peut entendre : « Je ne m'aime pas », « Je me déteste. » Le mot narcissisme est également utilisé avec une connotation péjorative ; il fait en général allusion à une personne exagérément ou exclusivement préoccupée par elle-même au détriment de tout intérêt pour les autres. Ce que j'évoque ici, c'est l'amour de soi, légitime, nécessaire en particulier pour pouvoir aimer les autres et être aimé par eux. Cet amour est la partie qualitative de l'estime de soi qui est plus axée sur la conscience de ses capacités, de ses performances, de ses potentialités. L'estime de soi s'évalue, se mesure, se compare. L'amour de soi est un sentiment intime qui nous amène à penser qu'on est digne d'être aimé et qu'on peut aussi aimer les autres. Cela n'a rien à voir avec la beauté, les capacités intellectuelles ou les performances personnelles, quelles qu'elles soient. On peut avoir pleinement conscience de ses compétences, mais ne pas s'aimer pour autant. Pour s'aimer, on a aussi besoin que les autres disent qu'ils vous aiment. Quand vous aimez quelqu'un, vous ne le lui direz jamais assez souvent.

L'amour est donc un mot qui, dans notre vie quotidienne recouvre des situations et des objets divers et qui correspond à des états psychiques différents. On a pu dire que l'amour est toujours réciproque. Excepté quand il désigne notre goût pour un objet inerte, une inclination intellectuelle ou une émotion esthétique. C'est la grande banalité de « j'aime » qui est en cause. J'aime les vins de Pomerol, l'œuvre de Proust, le sextuor numéro 1 de Brahms. Qu'est-ce que cela veut dire ? La réciprocité tient-elle au plaisir qu'ils me procurent ? Le contenu subjectif et qualitatif de « j'aime » n'est pas le même quand on adresse cette affirmation à la personne qui partage sa vie, à son enfant, à ses parents ou à ses amis. Beaucoup de gens ressentent de la pudeur à dire « je t'aime » comme s'ils dévoilaient quelque chose de trop intime pour être exprimé autrement que par la relation quotidienne. Les attentions, la tendresse, les caresses ont du sens, mais la parole, lorsqu'elle est sincère, est faite pour être entendue, et elle est agréable à entendre. Quand on dit « je t'aime », pourquoi faut-il que certains ajoutent « beaucoup, tu sais... », comme si ce « beaucoup » atténuait paradoxalement l'importance du propos. Il n'y a aucune honte à dire « je t'aime ».

Aider

Aider l'autre. S'entraider. Donner, recevoir. Il ne s'agit pas de bons sentiments, de morale ou de charité. Au-delà des finalités utilitaires immédiates, des discours, des images et de la bonne conscience, quelque chose d'infiniment plus fondamental est en cause. Il ne faut pas s'attacher à la forme, au contexte, à la matérialité immédiate de l'aide et porter des jugements de valeur. Aider, ce n'est pas pour s'entendre dire : « C'est bien. » C'est tout simplement que, pour survivre en groupe et pour vivre individuellement dans une dimension humaine, il ne peut en être autrement. C'est un constat, pas une recommandation ou un souhait. Il est clair que, dans une société, chaque individu n'est pas dans une situation identique à celle de son voisin. Il en est qui aident plus que d'autres. Il en est même qui n'aident jamais personne. Leur psychisme est souvent bien morne, triste, racorni, et ils ne comprennent pas d'où vient leur souffrance. Ils accusent la terre entière, en veulent à tout le monde et n'ont pas compris que leur seul ennemi, c'est eux-mêmes. Souvent, d'ailleurs, ils ne s'aiment pas. Cette entraide est une nécessité inscrite en nous et c'est la condition indispensable à la pérennité de ce qui est humain dans l'homme. C'est l'équivalent, pour le psychisme, de la reproduction biologique pour la perpétuation de l'espèce. Si la population du globe cessait assez longtemps d'avoir des enfants, elle s'éteindrait tout simplement.

La procréation reproduit le biologique et assure l'évolution. L'entraide entretient le psychisme et assure la transmission. Il faut évidemment entendre l'entraide pas seulement comme un apport de biens matériels, de secours, de soutien moral ou de solidarité sociale, mais comme l'apport de sens, de symbolique et d'affects qui y sont attachés. La façon d'aider peut blesser ou même humilier. C'est bien la preuve que l'enjeu interindividuel est d'une autre nature que le seul aspect utilitaire.

Quand on soumet la nécessité de l'aide à la raison, on trouve des arguments logiques pour la justifier. Certains y ajoutent des considérations morales. C'est l'affaire de chacun. On explique qu'il faut aider l'autre quand il est en difficulté, en situation de faiblesse ou de manque. On vient ainsi suppléer ce qui se dérobe, se substituer partiellement ou totalement, transitoirement ou définitivement à une partie de l'autre dont l'absence le met en danger. La vie sociale est ainsi organisée. Les différentes « aides sociales » apportées à ceux qui sont démunis, dépendants, handicapés cherchent à éviter l'exclusion du groupe humain sans y parvenir de manière satisfaisante. Pourquoi ? Parce que l'aide purement matérielle (subventions, allocations, indemnités diverses) est démunie de sens humain et ne témoigne pas par sa seule existence concrète d'une volonté de reconnaître l'autre comme un semblable et de respecter sa dignité dans l'adversité.

Pourtant, la valeur humaine ajoutée à l'aide matérielle se retrouve dans les mouvements associatifs. Ils répondent à ce qui est attendu par un être humain en rupture d'échange et d'autonomie mais ils témoignent aussi, chez les bénévoles qui animent ces mouvements, d'un besoin inscrit en l'homme d'aider l'autre en difficulté. De l'aide ménagère pour personnes âgées jusqu'à ceux qui distribuent l'hiver les repas aux « sans domicile fixe », tous savent qu'au-delà du panier à provisions ou de la soupe chaude, le sourire et la parole de soutien ont une irremplaçable valeur d'échange d'humanité.

On critique souvent en France le manque de solidarité qui primerait sur l'individualisme dans ce pays par comparaison avec des nations voisines. C'est peut-être vrai. Il faut pourtant constater que l'extraordinaire prolifération des mouvements associatifs (dans le cadre de la fameuse « loi de 1901 ») est un indicateur de la capacité à l'entraide. Ces associations sont parfois purement utilitaires, servant les intérêts d'un petit nombre, ou constituant de pures fictions. Certes. Tout foisonnement comporte ses scories. On est seulement obligé de constater que pratiquement tous les secteurs de la vie en groupe sont concernés. Activités professionnelles, culturelles, sportives, de loisirs regroupent des intérêts communs, des goûts partagés, des plaisirs échangés. Des clubs, des réseaux, des amicales, des lieux de rencontre se créent par catégories d'âge, origines géographiques ou passions. Certaines associations sont clairement dévolues, de manière exclusive, à l'entraide. Leurs buts sont l'alphabétisation, l'éducation, la présence auprès de personnes âgées, l'insertion des exclus de la société. Tout cela démontre que le besoin d'aide n'a d'égal que le besoin d'aider. Il faut ôter toute considération morale ou de bienfaisance à ces activités. Si elles possèdent ces vertus, ce n'est pas une tare. Il s'agit autant d'un besoin que d'une nécessité.

Certains, en lisant ces lignes, pourront se sentir complètement étrangers à ces engagements. Qu'ils réfléchissent un peu et ils découvriront qu'eux aussi, de manière réelle, symbolique ou imaginaire, ont adhéré, participé, rejoint une collectivité humaine où se pratique, peut-être d'une manière élitiste, sophistiquée et très utilitaire, une façon de partager.

Toutes ces mises en forme diversifiées de l'entraide traduisent la nécessité vitale que le psychisme humain ne meure pas. Vivre ensemble rend nécessaire l'échange, le respect mutuel des différences pour pouvoir se reconnaître comme semblables.

Aider, c'est le plus souvent échanger de la parole. C'est le déficit de parole qui rend l'existence inhumaine. Les conditions de vie favorisent ce déficit par manque de temps, isolement, perte des occasions d'échange remplacées par des activités individualistes (télévision, consoles de jeux), séparation pour raisons professionnelles... Les nouvelles techniques sont d'ailleurs ambivalentes à cet égard. Le téléphone portable, les e-mails, et autres SMS ont restauré de l'échange de parole, mais n'est-ce pas au prix d'un appauvrissement ?

Appeler à l'aide, c'est souvent attendre la parole d'un autre. La légende raconte que Marilyn Monroe lorsqu'elle s'est suicidée a été découverte un téléphone à la main qui sonnait dans le vide...

Donner de l'aide, c'est aussi savoir entendre, aussi discret soit-il, ce besoin chez autrui d'un échange humain. Aider, c'est y répondre en apportant simplement la présence de la parole.

Soulager

La souffrance psychique n'est pas une maladie. La soulager, ce n'est pas donner un traitement. La souffrance psychique a besoin de s'exprimer par la parole à quelqu'un susceptible de l'entendre. Quand elle est liée aux événements actuels de la vie quotidienne, un proche à qui on se confie permet souvent de la soulager. Quand elle est permanente et très ancienne ou encore complexe dans ses causes, un professionnel de la psychologie saura la soigner. On ne médicalise pas la souffrance psychique ordinaire comme s'il s'agissait d'un trouble dépressif ou anxieux pathologique qui relèverait de surcroît d'un traitement symptomatique. Si la souffrance psychique est un symptôme, c'est celui des difficultés de l'existence. Il faut l'aider à se dire et non la faire taire, comme P.-H. Keller l'a bien montré[2].

Attention aux abus de langage ! Il n'y a pas plus de médicaments du psychisme qu'il n'y a de psychochirurgie. Quand on parle de ces traitements, on évoque en fait une action pharmacologique sur les fonctions cognitives cérébrales ou une intervention de neurochirurgie sur un organe, le cerveau. Il est évident qu'en modifiant le fonctionnement cérébral on obtiendra un effet sur le psychisme, puisque ce sont les outils cognitifs du cerveau qui permettent les échanges avec autrui qui sont à son origine. Une fois créé par la parole, le psychisme est accessible à un autre psychisme, qui aide à le modifier par l'échange interindividuel. C'est cela soulager la souffrance. L'organe n'est pas la fonction, c'est le support de mécanismes rendant cette fonction possible. Seule la parole d'un être humain peut agir sur les représentations liées à la parole chez un autre être humain.

Il faut avoir connu personnellement la souffrance psychique pour être vraiment humain. On saura alors la reconnaître chez un autre et on pourra la soulager. C'est parce qu'on a connu le manque qu'on est capable de donner. Les plus démunis sont souvent les plus généreux, et ceux qui ont voyagé dans des pays où la pauvreté est générale ont pu bénéficier du partage avec d'autres qui auraient eu besoin, eux-mêmes, d'être aidés.

La souffrance est subjective. Elle est individuelle dans sa vérité et seule une autre subjectivité, respectueuse de la singularité de celui qui exprime cette souffrance, peut la soulager. On a vu que c'était le corps qui fabriquait la douleur. C'est le psychisme qui construit la souffrance par rapport à soi, aux autres et au monde. Malraux aurait affirmé : « Je vis, donc je souffre. »

Les solutions venaient autrefois des religions et des philosophies. Aujourd'hui, c'est la médecine qui en propose et la neurobiologie prétend parfois remplacer la philosophie. La pilule a trop souvent pris la place de la parole ; et pourtant, on souffre encore beaucoup dans notre société. Quand la parole de l'autre nous manque, quelle gélule saura remplacer son absence ?

Vouloir soulager la souffrance de l'autre suppose de comprendre ce qu'elle est. Ce n'est pas un corps étranger disgracieux qu'il faut éliminer comme on le ferait d'une verrue. La souffrance nous implique tout entier et engage l'être et pas seulement une partie de son psychisme. La douleur physique est localisée dans une partie du corps. La souffrance psychique, au contraire, est un événement qui nous transforme et qui ne peut être soulagé que par un phénomène de mutation. Un état nouveau sera créé grâce à la parole qui nomme la souffrance et par celui qui l'entend, permettant ainsi un échange de subjectivité. Pour soulager la souffrance, il faut être deux. Alors l'être souffrant se transforme en être apaisé, plus riche de l'expérience liée à la souffrance qu'il a connue. Il est clair que cette transformation n'est pas instantanée et demande du temps pour se réaliser.

La souffrance psychique et le soulagement qu'un tiers peut lui apporter soulèvent aussi la question de la liberté individuelle. Chacun peut souffrir d'une situation à laquelle sa liberté a choisi d'attribuer une importance particulière. Qui peut contester ce choix, sauf à mettre en cause la liberté de l'autre ? Respecter l'être souffrant en tant que sujet exprimant et vivant les conséquences douloureuses de sa liberté de choix, c'est s'interdire de lui imposer une norme, un redressement orthopédique pour l'aligner sur un modèle valablc pour tous.

Si un ami souffre d'avoir perdu la personne qu'il aimait, soulager sa souffrance ne consiste pas à déprécier ou à disqualifier l'objet de son amour. On n'a pas à juger de la liberté individuelle de l'autre. On peut seulement l'accompagner par l'échange de parole dans l'expérience de sa souffrance. Cela suffit en général à lui permettre, par lui-même, de transformer cette souffrance en une autre expérience moins pénible à vivre.

Les manières d'aider l'autre et de soulager sa souffrance sont en fait multiples. Les formes les plus structurées s'adressent le plus souvent à des souffrances intenses ou à des pathologies psychiques et s'organisent selon les différentes modalités des psychothérapies. Armen Tarpinian, psychothérapeute éclectique qui dirige la *Revue de psychologie de la motivation*, a coordonné deux numéros consacrés intégralement aux aspects de « l'art d'aider » allant de l'entraide à la psychothérapie où les aspects liés à la culture et à la société sont particulièrement développés[3].

Dans le registre de l'aide pour soulager la souffrance de l'autre, le français est limité par son vocabulaire. On a l'impression de passer sans intermédiaire de l'inefficacité à la médicalisation. Ce n'est pas abandonner à lui-même le sujet souffrant que de trouver inapproprié de lui proposer des soins et un traitement comme seule possibilité d'aide.

L'anglais distingue *to treat, to cure* et *to take care*, qui ne correspondent ni aux mêmes objectifs ni aux mêmes moyens. L'aide, en particulier l'entraide, convient parfaitement à soulager la souffrance psychique ordinaire sans recourir à des psychothérapies organisées ou *a fortiori* à des traitements médicamenteux.

Comprendre la souffrance de l'autre, l'apaiser par une présence et une capacité à l'écouter, c'est une aide qui a toute sa valeur et permet à celui qui souffre d'évoluer.

Soigner, parfois

La souffrance psychique accompagne toutes les pathologies du corps ou du psychisme. Une maladie organique, dès qu'elle sort de la banalité, ne laisse pas l'esprit serein. Les troubles mentaux, constitués par des symptômes subjectifs, comme les différentes manifestations de l'anxiété ou la dépression durable de l'humeur, sont toujours contemporains d'une souffrance psychique qui peut être intense. Il lui arrive de persister, seule, après la disparition des symptômes si elle n'a pas été prise en compte par le dialogue permettant au sujet souffrant de parler de ses symptômes, du sens qu'il leur attribue ou des questions qu'il se pose à leur sujet. Soigner, c'est aller au-delà de la disparition des symptômes en soulageant définitivement la souffrance psychique pour les empêcher de réapparaître.

Même en cas de pathologie organique, l'éradication du symptôme ne suffit pas à la guérison, mais, dans le domaine du psychisme, sa suppression isolée n'a ni sens ni efficacité durable sans action thérapeutique sur la souffrance et sans élucidation du contexte relationnel au sein duquel les symptômes sont apparus. À l'époque où la conversion hystérique était la niche où se réfugiait la souffrance psychique (parce que c'était ce que le discours ambiant permettait comme représentation sociale et comme construction culturelle), le seul traitement du symptôme était aussi inepte qu'inefficace. La faradisation par un courant électrique de la paralysie hystérique permettait spectaculairement de remarcher. En attendant une nouvelle paralysie un peu plus tard. Exactement comme c'est le cas lorsque l'on traite seulement le symptôme dans ce qu'on appelle aujourd'hui la dépression. Il est vrai que l'hystérie n'existe plus et que personne ne voit aujourd'hui ces extraordinaires paralysies, cécité, aphasie, surdité, rétention d'urine, etc., qui caractérisaient l'essentiel de la psychiatrie à la fin du XIXe siècle et au début du XXe. Le traitement radical de l'hystérie traditionnelle a été découvert lorsque les Américains ont supprimé le mot et sa construction culturelle dans les manuels de psychiatrie. Ils ont proposé d'autres possibilités d'expression à la souffrance psychique. Et ça marche. Les paralysies hystériques sont aujourd'hui remplacées par leurs équivalents dans le domaine du symptôme psychique. Il suffit de les nommer pour qu'ils existent et, comme au temps de l'hystérie du corps, on les habille de science : sérotonine, neurotransmetteurs...

Il existe des moyens pour atténuer, masquer ou faire disparaître certains symptômes sans comprendre le sens qu'ils ont dans notre vie. Cela peut être utile quand le symptôme et la signification qu'il peut avoir pour nous restaient anecdotiques. C'est une question d'indication qui doit être posée par un spécialiste. Des techniques diverses ou des médicaments peuvent jouer ce rôle. Il est heureux qu'une psychothérapie axée sur le sens et le symbolique ne soit pas nécessaire dans tous les cas.

Ces interventions ponctuelles ne nous empêchent cependant pas de réfléchir par nous-même et de remonter à la source de notre conviction – la nôtre, pas celle du thérapeute – que ce symptôme gênant n'est pas indifférent dans sa nature et qu'il n'est pas arrivé par hasard dans notre vie à n'importe quel moment de notre existence. On peut se nourrir en ne sachant pas ce que l'on mange et nous ne mourrons pas de faim. On peut aussi savoir ce que l'on déguste et même prendre du plaisir à le faire. Comprendre ce qui nous arrive est une valeur ajoutée dont on aurait tort de se priver. Cela nous met en position active face à l'événement et nous permet d'être mieux armé pour affronter l'avenir.

Soigner n'est plus simplement soulager une souffrance psychique ordinaire et oblige le soignant à acquérir une formation spécifique personnelle. Celui qui ne dispose que de la science conventionnelle et de ses diplômes n'est pas en mesure de supporter la mise en cause de soi-même dans la confrontation à la souffrance psychique intense de l'autre. On est en face d'un semblable qui réveille beaucoup de questions intimes qui seraient insupportables si elles n'avaient déjà trouvé des réponses dans la formation préalable du soignant. Il est lui-même seul sans que la science et les titres lui servent de barrière pour le protéger de la souffrance de l'autre. C'est le moment de vérité. Celui où personne ne peut tricher car on est en fait confronté à soi-même. Beaucoup de soignants, non formés à cette situation qu'ils redoutent, utilisent des mises à distance, des techniques et ne s'intéressent qu'aux seuls symptômes comme s'il s'agissait d'objets, de corps étrangers à la souffrance psychique.

De nombreux soignants sont fascinés par la technique – le « geste qui sauve » – et par la science – « je vais tout comprendre ». C'est une façon rassurante d'échapper à la confrontation avec la souffrance où l'on est tout simplement soi-même, sans bilans biologiques, radiologiques ou électriques, pour mettre à distance celui qui interroge ses propres inquiétudes. L'étrangeté dérangeante du trouble psychique ne fait plus vaciller les certitudes quand on l'habille d'un discours scientiste. Mais cela laisse intacte la souffrance de l'autre.

Soigner, c'est aussi restaurer une responsabilité chez celui qui souffre. Aujourd'hui la déresponsabilisation est générale. Le responsable est toujours l'autre... ou l'État. Certains soignants se situent dans ce discours. « Vous n'êtes pas responsable, faites ce que je vous dis de faire, je sais ce qui est bon pour vous. » On n'est certes pas responsable d'une pathologie qui vous accable, mais on peut devenir responsable de la manière de la vivre. À condition d'y être aidé. Être responsable de ce qui m'arrive de pénible n'implique ni culpabilité ni remords. Cela doit me permettre de découvrir que, si je le comprends et si je le veux, je peux changer quelque chose dans ma vie. Avant de dire : « Je n'y arriverai pas », il faut au moins essayer. Sartre disait : « Tu n'es pas responsable de ce que la vie a fait de toi, mais tu es responsable de ce que tu fais de ce que la vie a fait de toi. » Soigner est donc bien différent d'aider et s'adresse à des pathologies qui ne sont pas l'expression de la simple souffrance psychique liée aux vicissitudes de l'existence.

Soigner au moyen d'une psychothérapie répond à des modèles, à des techniques et à des objectifs qui peuvent être très différents. Ces différences concernent évidemment la représentation que le thérapeute a du trouble psychique en particulier et de la personne humaine en général. On a vu que, pour certains, le symptôme résumait la pathologie, alors que d'autres s'intéressaient à la manière dont le sujet souffrant vivait le symptôme selon sa façon strictement personnelle. Pour moi, une vraie psychothérapie ne se réfère pas au modèle éducationnel, sauf pour en constater les conséquences.

Une psychothérapie qui aide aux changements du psychisme permet à celui qui s'y engage de réparer ce que l'éducation a pu parfois provoquer comme conditionnements aliénants à propos des goûts, des choix, des désirs dans les domaines de la vie personnelle et relationnelle. Un authentique psychothérapeute ne désire pas à votre place ; il vous aide à vous libérer des contraintes acquises pour identifier enfin la réalité de votre désir. Il ne vous dit ni ce que vous devez faire ni ce qui est bon pour vous. De quel droit le ferait-il, rééditant en fait les comportements dont vous avez été victime ? Remplacer un conditionnement jugé erroné par un autre conditionnement considéré plus satisfaisant par le seul thérapeute est un abus de pouvoir sur personne en état de vulnérabilité. Vous êtes seul à avoir le droit de décider de ce que vous souhaitez voir changer dans votre vie. Le rôle du thérapeute est simplement de vous y aider.

Vivre mieux, cela s'apprend, souvent grâce à l'autre, mais seulement par soi-même. Tous les soignants ne partagent pas cette opinion. Je pense à un psychiatre universitaire qui, interrogé par un journal médical sur ce qui lui paraissait l'évolution récente la plus importante dans cette discipline, répondait en se réjouissant que nous disposions désormais de techniques psychothérapiques permettant de maîtriser les pensées du patient et de lui proposer des croyances alternatives afin de traiter ses troubles. Ce programme révèle à la fois une volonté de toute-puissance médicale et une vision mécaniste du trouble psychique.

Soigner une personne souffrant d'un trouble psychique est possible tout en respectant sa singularité, ses différences et même les aspects de sa liberté individuelle qui sont dérangeants pour les autres. Un psychothérapeute n'est pas un juge chargé d'appliquer des lois pour garantir l'ordre public. Ce serait déposséder la personne de sa part de responsabilité, qui n'est que rarement abolie, et souvent seulement transitoirement, par l'intensité de certaines pathologies. Le psychothérapeute ne doit pas avoir pour objectif de mettre le sujet qui souffre aux normes des exigences de la société, d'uniformiser les individus, pour assumer la tranquillité du groupe. « Identité, communauté, stabilité » : telle était la devise de l'État mondial du meilleur des mondes selon Aldous Huxley. On se souvient des méthodes utilisées pour en arriver là.

S'engager dans une psychothérapie obéit en général à deux motivations : un besoin lié à une pathologie psychique où les symptômes centrent souvent la demande et un désir d'entreprendre un travail sur soi-même pour mieux vivre son existence. Selon les objectifs recherchés, les techniques proposées varient. On n'obtiendra jamais plus que ce que la méthode peut offrir.

Il n'y a aucune commune mesure entre le traitement par désensibilisation d'une phobie simple de l'avion et le lent travail sur soi-même qui amènera celui qui souffre d'une organisation pathologique de la personnalité à vivre enfin en plein accord avec ses aspirations. Dans un cas, on traite un symptôme en supposant que le reste de l'existence est harmonieux et satisfaisant ; dans l'autre, on remet en question la trame d'une vie psychique qui ne produisait que de la souffrance, des erreurs et des échecs au quotidien.

Les attentes, les méthodes à mettre en œuvre, les compétences du thérapeute sont radicalement différentes. Tout est affaire d'adéquation entre ce qu'attend le sujet en souffrance et ce qu'on lui propose. Chaque méthode a ses limites et ses contraintes. En posant la bonne indication, on évitera les ambiguïtés, les déceptions ou les équivoques.

Beaucoup de psychothérapies se situent entre deux situations extrêmes : l'éradication de symptômes ou la remise en question de son existence. Ces psychothérapies, dont les modalités sont diverses, visent simplement à apporter un soutien, une aide, une possibilité d'échange par la parole. Elles sont contemporaines d'un moment difficile de l'existence. Limitées dans le temps et leur objectif, elles visent à permettre de vivre avec plus de lucidité une expérience douloureuse en préparant l'avenir. Elles aident à prendre conscience du réel, grâce au repère extérieur que représente le thérapeute. Elles n'ont pas pour but la disparition d'un symptôme ni un travail exhaustif sur les racines de la vie psychique. Ces psychothérapies du « ici et maintenant », on les appelle parfois psychothérapies de soutien.

Il existe des différences considérables entre le semblable bien intentionné qui vous aide et un psychothérapeute. Ces différences sont liées à la neutralité affective et à la formation technique.

L'autre, l'ami, le proche, n'est jamais neutre. Il peut me consoler, m'apaiser, me rassurer, m'aimer. C'est heureux, car on a souvent besoin de ce lien affectif. En revanche, il ne peut s'empêcher bien souvent de se projeter dans ma vie et de désirer mon bonheur à ma place. Le psychothérapeute est formé à ne pas céder à cette tentation, qui serait une intrusion déplacée dans ma liberté de choisir. Il doit, au contraire, m'aider à trouver par moi-même la meilleure solution personnelle en m'évitant par son attention soutenue les chemins de traverse ou les impasses dans lesquels pourrait s'engager mon raisonnement.

La psychothérapie est devenue un métier nécessitant une formation codifiée, même si elle est diverse dans ses modalités. La plupart des gens et même de nombreux médecins et certains psychologues ignorent les spécificités et la rigueur des formations. Au-delà de toute technique, des préalables sont nécessaires pour qu'une psychothérapie ne soit ni un aimable bavardage qui se substitue à l'absence de proches défaillants ni une application désincarnée de « trucs » et de techniques aux revendications pseudo-scientifiques ou magico-ésotériques.

Les préalables sont la formation par des tiers reconnus, la supervision au début de l'exercice de ce métier et l'aptitude à s'autoévaluer et à contrôler ses représentations du sujet en demande d'aide, de sa situation et de l'objectif recherché. Quelle que soit la technique employée, la suggestion est suffisamment puissante pour obtenir sur un symptôme des résultats favorables en début de traitement, mais au prix d'une transformation du symptôme, de son déplacement ou de sa réapparition au bout d'un temps plus ou moins long.

Les résultats d'une psychothérapie ne peuvent être appréciés que par celui qui l'a entreprise si possible plusieurs années après l'avoir interrompue. Qui peut évaluer, sinon l'intéressé lui-même, si son existence est transformée au mieux de ce qu'il souhaitait ? Les critères étant strictement individuels, aucune statistique ne pourra jamais en rendre compte sauf à vouloir artificiellement et arbitrairement objectiver le subjectif. Ce serait comme faire du psychisme, qui est une manière propre à chacun de nous d'être au monde, un objet de la nature.

La qualité professionnelle d'un psychothérapeute ne suffit pas à garantir le succès d'une psychothérapie. On est dans l'intersubjectivité, et il faut être deux. La subjectivité du thérapeute est constamment critiquée par lui-même et celle du patient doit s'exprimer librement. La condition *sine qua non* du succès passe avant tout par la volonté déterminée et le désir sincère et profond de l'intéressé de réaliser ce travail sur lui-même, quels que soient les difficultés, les doutes, les hésitations ou les découragements qu'une telle entreprise va susciter. On ne peut imaginer reprendre la construction de sa vie psychique sans que cela coûte des efforts, de l'argent et du temps. C'est pourquoi toutes les personnes en demande de psychothérapie ne sont pas nécessairement en mesure d'entreprendre un tel travail. Les raisons des échecs sont nombreuses, souvent fondées dès le départ sur un quiproquo entre le but recherché et les moyens à mettre en œuvre. Le vaste éventail des différentes formes de psychothérapies dont les objectifs sont divers doit pourtant permettre à chacun quand les indications sont bien posées de trouver une solution appropriée. Rien n'est pire que ces psychothérapies interminables et inefficaces par erreur d'aiguillage ou absence caractérisée de motivation personnelle à s'engager dans la réalité du travail sur soi-même.

Une jeune femme très intelligente qui souffrait de divers symptômes névrotiques récidivants, en particulier dépressifs, m'expliquait un jour sa méfiance et son refus à l'égard d'une psychothérapie qui l'aiderait à mieux comprendre l'histoire de sa vie psychique. « Depuis l'âge de vingt ans j'ai consulté de très nombreux psychiatres. Ils m'ont tous donné des médicaments qui amélioraient mes symptômes dans un premier temps, mais ceux-ci réapparaissaient ensuite inexorablement. C'était leur échec, et je changeais de psychiatre. Si j'avais entrepris une psychothérapie telle que vous me la décrivez et qu'elle ait été inefficace, cela aurait été un échec personnel. Et ça, je n'en supportais pas l'idée. » On ne saurait mieux dire et elle avait tout compris...

La psychothérapie n'a pas pour but d'obtenir les moyens de se passer des autres ou de vivre en solitaire. C'est au contraire une possibilité de vivre avec les autres, sans en souffrir, en comprenant mieux nos comportements et les leurs. C'est aussi une école de tolérance à leur égard, ce qui n'est pas une invitation au laxisme. On ne changera jamais les autres, mais on peut changer notre manière de les voir et moins souffrir de la relation que l'on a avec eux. Ce n'est ni indifférence ni inaffectivité. C'est relativiser l'importance et le sens que l'on donne à nos échanges.

Nicolas Duruz, professeur de psychologie à Lausanne, soutient cette position et s'insurge contre le processus exagéré d'individualisation qui marque notre société[4]. Tout est ramené à l'individu, à son intérêt égoïste et à sa jouissance personnelle, comme si la vie en société n'existait pas ou constituait exclusivement une source de contraintes et de souffrances.

L'indépendance remplace trop souvent de manière exclusive l'appartenance et conduit à l'isolement et à la solitude. Les rituels sociaux sont en perdition, même si un retour semble s'amorcer, et les publicités ou certaines émissions de télévision jouent un rôle de substitution. Il vaut mieux apprendre à faire la confiture avec sa grand-mère que de se contenter d'acheter une marque qui fait référence à ce rituel de transmission.

Toutefois, les psychothérapies sont une aide professionnelle qui sera mise en œuvre lorsque les aides naturelles du milieu dans lequel nous vivons auront été absentes, défaillantes ou se seront épuisées. Elles comportent cependant des risques. Le premier danger, toujours selon Nicolas Duruz, serait de prendre la technique utilisée pour un outil qui répare et d'oublier la dimension humaine de la rencontre intersubjective. La souffrance psychique est moins liée au symptôme qu'à ce qu'il signifie et à ce qui le produit chez une personne unique. Le deuxième danger est l'impérialisme possible du psychothérapeute. L'illusion de la toute-puissance narcissique, l'immodestie et la conviction de la suprématie d'une méthode sont des dangers réels. Toute méthode a ses limites et ses indications. Aucune psychothérapie ne peut prétendre prendre en charge toutes les demandes et étendre sans fin les indications d'une seule technique. Ce serait une fermeture au nécessaire échange entre psychothérapeutes qui se réfèrent implicitement ou explicitement à un modèle et à une représentation de l'homme et de son psychisme. « Ce dialogue entre psychothérapeutes ne peut être que tensionnel et polémique, mais c'est à ce prix-là que nous participerons vraiment à l'entraide humaine pour le bien et le confort de nos patients comme de nous-mêmes », écrit encore cet auteur.

Le postulat de base qui justifie le travail psychothérapique, c'est que l'homme peut évoluer. Il n'est pas le produit figé et stabilisé de ses gènes, de son histoire familiale, de ses conditionnements ou de son contexte. Les dimensions existentielles de sa vie, lorsqu'elles ne sont pas maîtrisées, créent de la souffrance psychique et même des symptômes (anxiété, dépression). Entreprendre une psychothérapie, c'est s'engager dans un effort de changement. L'évolution de notre psychisme au cours du temps montre que les modifications de notre regard sur le monde sont liées à nos possibilités d'agir sur lui. Le changement est inscrit dans l'histoire de notre vie. Une psychothérapie traduit la volonté d'organiser ce changement parce qu'on en éprouve le besoin pour vivre en harmonie avec soi-même.

CHAPITRE V

Parler

Car c'est vraiment, Seigneur, le meilleur témoignage
Que nous puissions donner de notre dignité
Que cet ardent sanglot qui roule d'âge en âge
Et vient mourir au bord de votre éternité !

Charles BAUDELAIRE, Les Phares,
Les Fleurs du mal (Spleen et Idéal), 1861

Jusqu'alors, je me suis tenu délibérément en dehors de la biologie, de ses neurotransmetteurs et de ses hormones, comme je me suis mis à l'écart des comportements appris, des conditionnements ou des mécanismes cérébraux de nos cognitions. Ce n'est pas par manque d'intérêt, mais parce que ce n'est pas mon propos.

D'une façon identique, je n'ai abordé ni l'inconscient ni la libido et ses nombreux avatars symboliques dans notre psychisme, parce que c'est du ressort de la psychanalyse et de ses théories.

J'ai seulement voulu montrer que le territoire intime de notre psychisme était constitué par l'échange de parole et que ce sont la richesse et la diversité de ces échanges qui font la singularité de nos représentations. Ce monde intérieur qui nous appartient en propre et nous différencie des autres nous est accessible dans les conditions habituelles de l'existence. À condition de le vouloir. En revanche, ce qui relève de la pathologie dépasse nos ressources personnelles et nécessite l'aide d'un tiers. Les outils cognitifs sans l'échange de parole avec un autre homme ne permettent pas le développement d'un psychisme humain et la pauvreté de la parole dans certains contextes d'existence ne permet qu'un psychisme rudimentaire aux représentations simplistes. Très souvent, dans ces cas, qui vont de pair avec un vocabulaire très réduit, c'est le passage à l'acte qui remplace la parole. À l'inverse, la parole, sans les outils cognitifs pour la transformer en psychisme, ne peut, à elle seule, pallier le manque puisque l'échange restera embryonnaire. C'est le cas de certaines déficiences mentales constituées à la naissance.

Ce qu'est la parole

La parole, toujours au singulier, et telle qu'elle est entendue ici, n'est assurément pas le langage. Elle est beaucoup plus que lui ; elle englobe toutes les formes d'échanges contenant un sens abstrait, affectif, imaginaire ou symbolique qui peuvent circuler entre les êtres humains. Le passage à la station debout et le déplacement en station verticale sur les deux membres inférieurs ont sans aucun doute été des étapes cruciales dans le processus d'hominisation. L'apparition de la parole, quant à elle, a marqué le début de l'humanisation et la création du psychisme.

Si la parole de l'autre façonne individuellement notre psychisme, c'est qu'elle n'existe et n'a de sens que parce qu'elle s'adresse nécessairement à quelqu'un. Que la personne soit réelle, imaginaire ou appartenant au souvenir, c'est à elle qu'est destiné le « je t'aime », « je te déteste », « tu es belle »... Ces paroles doivent avoir un destinataire présent ou identifié. Prononcer ces mots, seul dans le désert et en ne pensant à personne de précis est impossible ou ne viendrait pas à l'idée. On peut soliloquer dans la solitude, on peut s'adresser à soi-même, le délirant parle à quelqu'un d'invisible, mais la parole a toujours besoin d'un autre pour exister.

C'est en entendant la parole de l'autre, surtout quand elle est répétée et que nous lui attribuons une importance, que nos représentations psychiques s'élaborent. Un enfant qui s'entendra dire pendant des années par son entourage qu'il est intelligent ou, devant chaque maladresse, qu'il n'est pas doué finira par le croire. Il faut prêter attention aux paroles que l'on prononce, elles ne sont jamais anodines pour l'autre. Écoutez-vous parler et vous entendrez plus que les seuls mots que vous avez énoncés. Cette intention de blesser, l'avez-vous réellement voulue ? Quand on vous parle, qu'entendez-vous derrière les mots ? Cette propension à ne pas écouter l'autre ou à lui couper la parole n'est-elle pas une façon de vous protéger pour ne pas entendre ce qui pourrait être désagréable ? La parole est un acte, dont le contenu n'est pas toujours conscient, et qui constitue le seul matériel permettant de traiter la souffrance psychique. L'analyse de cet acte de parole représente la méthode de la psychanalyse[1].

Si parler c'est toujours parler à un autre, c'est aussi apprendre à répondre. L'enfant élabore son psychisme par le jeu des questions et des réponses, et c'est ainsi qu'il existe comme humain. Parler et être ne sont pas dissociables, et Jacques Lacan avait trouvé un joli néologisme pour désigner cette situation : le « parlêtre ». On peut dire : « Je parle, donc j'existe. » C'est l'homme tout entier dans sa parole exprimée. Si le langage maîtrise le monde naturel des objets et de la matière, « la parole se réapproprie le monde naturel pour le transformer en une autre réalité, propre à l'humain », écrivait Georges Gusdorf. Elle permet la rencontre et l'échange avec l'autre dans l'univers du symbolique. « Au commencement était le Verbe... », dit la Bible, mais ce n'est pas du langage qu'il s'agit, plutôt de la parole qui crée l'humain, et c'est bien cette fonction symbolique que l'on trouve dans tous les textes sacrés.

La parole construit l'humain

La parole construit l'humain à titre individuel et elle construit sa culture et les contextes de sa vie publique et privée. Au-delà de notre vie psychique intime, c'est la parole qui a élaboré la société et la famille au sein desquelles nous vivons. Les rapports interindividuels et intrafamiliaux sont des constructions de la parole avec son lot de symbolique, d'affectif et d'imaginaire. C'est ce qui explique la nature des liens, des dissensions, des querelles. L'analyse de ces systèmes de communication fonde les thérapies de couple ou de famille.

La parole nous permet de faire communiquer notre monde intérieur intime avec l'extérieur. L'extérieur, c'est le monde intérieur de l'autre, à qui notre parole est adressée. Le contenu de cette parole dépend de notre intention et de notre inconscient. Il y a donc beaucoup à trier et à interpréter dans la parole. Ses effets peuvent être bénéfiques ou désastreux. On attribue à Ésope, le fabuliste grec, l'affirmation selon laquelle « la langue peut être la pire ou la meilleure des choses ». On ne saurait recenser les dictons, proverbes, maximes et autres vérités sentencieuses qui ont fixé les vertus ou les méfaits de la parole, en particulier par rapport à l'écrit et aux actes. Mon propos n'est pas de juger la parole ou de l'apprécier mais seulement de constater le rôle qu'elle joue dans la construction de l'humain.

Sa dimension culturelle est très claire. Si l'on suit le linguiste Ferdinand de Saussure, on considère que la langue est « le langage moins la parole », c'est-à-dire « l'ensemble des habitudes linguistiques qui permettent à un sujet de comprendre et de se faire comprendre ». La parole étant « un acte individuel de volonté et d'intelligence ». On peut apprendre une langue étrangère et savoir demander son chemin dans la rue ou commander son repas au restaurant. On ne possédera pas, pour autant, la parole de la culture indigène. Le langage, parce qu'il contient la parole, est une culture qui nécessite pour être transmise plus qu'une traduction de la langue. Ou plutôt cette traduction doit être une recréation de l'univers de parole de l'auteur.

Pas étonnant donc que la parole soit intraduisible par les machines électroniques qui ne maîtrisent que la langue et n'ont pas accès au subjectif et au qualitatif, qui sont l'apanage de l'humain et de son psychisme. La machine ne peut traduire la métaphore qui se réfère au culturel. Elle ne détecte pas les lapsus, les secrets, le sens des silences ou les mensonges. L'homme lui-même doit faire un effort pour y parvenir, même si son psychisme en a perçu la présence ou l'intention. Il faut un échange humain dans un contexte culturel construit par la parole pour saisir la flatterie ou la vexation, l'éloge ou le blâme. C'est parce que la parole contient du sens non seulement explicite mais également implicite (mais identifiable), caché (et inconscient), qu'elle a élaboré les sphères du social, du privé et de l'intime dans lesquelles nous vivons. C'est pour toutes ces raisons que, lorsque la souffrance psychique s'exprime par la parole qui sort du sujet, il ne faut pas la remplacer exclusivement par la pilule que l'on fait entrer dans l'homme-objet.

La parole et l'humain sont liés et les fonctions cognitives cérébrales permettent à la parole d'exister. Ceux qui ont accompagné des êtres chers dans le naufrage de la démence savent comment les mots oubliés sont moins difficiles à vivre que lorsque la parole vient à manquer. Quand le regard vide et mort vous fixe et que, de temps en temps, seulement un mot s'échappe, c'est que la parole a disparu. Certes, parfois, la braise mouronne encore sous la glace et une fulgurance affective vient rappeler que c'est de l'humain qui persiste dans ce cerveau qui devient un objet.

Jusqu'où demeure-t-on humain lorsque la parole a disparu ? C'est dans le souvenir des autres qu'on le reste. La fonction de solidarité de la parole assure la pérennité de l'autre. On est toujours humain lorsqu'un autre humain vous reconnaît comme tel. Dément ou même mort, c'est la parole de l'autre qui vous rend encore humain dans le souvenir.

Il faut des matériaux pour que la parole construise de l'humain chez l'autre. Ces matériaux, ce sont les symboles porteurs de sens caché. On participe personnellement à la construction de son propre psychisme, mais c'est dans l'échange avec l'autre que l'essentiel se passe. Comme le substrat de l'échange est subjectif, on parlera d'intersubjectivité. Ce terme possède des sens multiples selon les disciplines qui l'utilisent. Daniel Stern en a fait une revue récente dans une perspective psychanalytique[2]. On entendra ici par le terme « intersubjectif » ce qui est modifié dans le psychisme de l'un par le psychisme de l'autre, le véhicule étant la parole. Lorsque aucune modification n'est induite, et c'est rare, il s'agit d'un pur échange interpersonnel, simple mouvement de va-et-vient de la parole dont la finalité est opérationnelle. « Pouvez-vous me passer le pain ? – Voilà ! » Au contraire, les psychothérapies par la parole sont des échanges dans l'intersubjectivité.

Le matériel symbolique contenu dans la parole construit aussi bien notre vie psychique que notre espace privé et public. Rien n'y échappe. Le symbolique donne une importance ou un sens privilégié à des signes, des dates, des objets ou des représentations, mais se réfère également au sacré, à la nation, aux événements. Il possède donc des dimensions spirituelles, temporelles, spatiales et événementielles. La manière dont certains ont parlé des attentats du 11 septembre 2001 à New York en est l'illustration. Tout n'était que symbole. Seule la mort de milliers de gens était du réel.

Le symbole et le mythe permettent de raconter une histoire personnelle ou collective à laquelle chacun peut se référer. Pour vivre, chaque individu a besoin de se représenter sa propre histoire, parfois enjolivée par l'imaginaire, en particulier en ce qui concerne son identité et sa filiation. Le groupe humain a besoin, lui aussi, d'une histoire collective marquée par les mythes et les symboles à valeur éternelle (elle a existé de tout temps) et universelle (elle existe en tout lieu). La parole transmet les clefs pour décrypter le sens et unit les hommes car elle relie leur histoire passée, présente et future. Les religions ne sont que paroles et symboles, et la parole laïque n'a pas négligé de véhiculer du symbolique. Le symbole persistera tant qu'une parole pourra le nommer, le révéler et le transmettre. Pour Paul Ricœur tout symbole est à la fois cosmique (il est objet concret du monde visible), onirique (il est la substance de notre histoire personnelle) et poétique, puisqu'il est parole. Gilbert Durand condense la fonction du symbolique en disant que « c'est un humanisme ouvert sur toute culture de l'homme ».

La connaissance et la science appartiennent à la culture et n'échappent pas à une représentation nourrie par le symbolique de la parole. Progrès espérés ou progrès redoutés venant de la science sont de ce registre. Le discours même de la science ne s'en tient jamais aux seuls faits prouvés. Il existe une valeur ajoutée grâce aux hypothèses qui sont du domaine de l'imaginaire. Depuis plus d'un demi-siècle les revendications scientifiques de la psychiatrie sont demeurées dans le registre du discours culturel et de la construction sociale. Qu'il s'agisse des causes biologiques des troubles psychiques, du mécanisme d'action thérapeutique des médicaments psychotropes, on reste, en dépit de déclarations triomphalistes, dans le domaine des « hypothèses » et des « faisceaux d'arguments ». Pour l'instant, on en est au stade de la construction par la parole et pas de la preuve scientifique universelle et généralisable. Il n'est pas jusqu'aux noms des médicaments qui parlent par eux-mêmes puisqu'ils se nomment : antipsychotiques, antidépresseurs ou tranquillisants. Leur champ d'application ne peut prêter à discussion car la parole et le symbolique ont été efficaces.

On ne se réfère ici qu'à la parole et au psychisme dans les conditions habituelles de l'existence. Ce n'est donc qu'à titre anecdotique que sera citée l'alexithymie.

Sous ce nom pompeux se cache une particularité pathologique de la parole dont sont affectées certaines personnes. Atteints de maladies du corps dites « psychosomatiques », ces malades ont une pensée attachée au concret, avec une affectivité très réduite et une vie psychique symbolique et imaginaire très pauvre. Ils ne peuvent exprimer d'émotions ou de sentiments par la parole et ne disposent que de leur corps pour manifester leur souffrance.

On ne peut évoquer la construction de l'humain par la parole sans mentionner le rôle considérable du silence. Le silence n'est pas que la période muette qui sépare deux espaces de parole. Il est des silences qui jouent un rôle très actif dans l'intersubjectivité des échanges psychiques. Pour certains, le silence est insupportable. Il doit être rompu au plus vite et peuplé à la hâte d'un discours de remplissage. Très souvent, c'est le moment que choisit l'inconscient pour s'exprimer par un lapsus. Il s'agit d'éviter la confrontation avec soi-même sous le regard de l'autre. Les psychothérapeutes connaissent bien ces moments de tension pénible souvent suivis par une parole riche de sens. Tout psychothérapeute sait respecter les silences, ne pas les interrompre et utiliser le précieux matériel qui le suivra avec efficacité.

Pour d'autres, le silence propice à un voyage à l'intérieur de soi est un vrai délice facilitant la réflexion, la concentration, la méditation. Tout silence possède du sens, et parfois presque autant que la parole. Une étude exhaustive du silence a été publiée par David Le Breton avec la finesse et la subtilité qui caractérisent ses ouvrages[3].

Que la parole, grâce aux autres, façonne notre psychisme ou qu'avec les autres notre parole construise nos représentations publiques ou privées, elle fixe toujours les limites de notre univers humain.

La parole qui tue ou qui guérit

Le pouvoir vulnérant de la parole n'a d'égal que sa puissance apaisante. Il faut en être conscient dans la vie quotidienne, car un « petit mot » peut faire très mal. Dans le domaine de la santé, les soignants ne mesurent parfois pas suffisamment les conséquences catastrophiques de leur parole... ou de leur silence. En revanche, la parole a aussi le pouvoir d'apaiser, de consoler et même de guérir comme le montre la force de l'effet placebo. Les soignants sont parfois stupéfaits d'entendre un ancien malade leur dire : « Vous savez, quand tout allait vraiment mal, vous m'avez dit simplement : "Moi, j'ai confiance." Je ne l'ai jamais oublié, et c'est à partir de ce moment-là que j'ai commencé à me battre et à aller mieux. » C'est la parole qui sécrète le doute, qui assène la vérité et qui transforme la crainte en certitude. C'est aussi elle qui entretient l'espoir, qui rassure, qui réconforte. Pour avoir été personnellement gravement malade et avoir subi une lourde intervention chirurgicale, j'ai pu mesurer la valeur de ces « petits riens » que, souvent à leur corps défendant, m'apportaient en entrant dans la chambre d'hôpital des gens dont la présence humaine bienveillante et cordiale me réconfortait.

La parole des soignants peut faire peur quand ils ne savent pas annoncer un diagnostic, consacrer un temps suffisant pour expliquer ou négliger de faire part des résultats positifs qu'ils ont déjà obtenus avec un traitement. Il ne s'agit pas de leurrer le malade ou d'enjoliver la réalité, mais d'utiliser la parole pour instaurer la confiance et ne jamais interdire l'espoir.

La parole ne doit pas être définitive car elle peut laisser des blessures qui ne cicatriseront jamais. Une petite phrase prononcée sans mauvaise intention au cours d'une consultation peut survivre dans le psychisme de celui qui l'a reçue pendant des dizaines d'années. « Il y a vingt ans, le docteur m'avait dit qu'avec mon asthme je ne pourrais jamais avoir une vie normale. »

Pascal-Henri Keller a bien montré ce qu'est la « iatrogénie » de la parole[4]. La iatrogénie désigne les conséquences néfastes d'un acte médical, c'est-à-dire la nocivité d'un traitement, d'un examen, d'une attitude. Le médecin peut aussi être nocif par sa parole dans la manière dont il désigne la maladie ou la lésion. L'acte de parole peut stigmatiser car il sollicite la subjectivité du patient et ses représentations. Il n'est pas indifférent de dire : « Vous avez un diabète » ou : « Vous êtes diabétique. » Dans un cas, on évoque une pathologie que l'on peut traiter ; dans l'autre, on fait référence à l'existence même du patient. Aux États-Unis, le « médicalement correct » exige que l'on parle d'« une personne avec... telle pathologie », sans confondre en une seule entité la maladie et la personne humaine.

Dans le domaine du soin, le pouvoir de la parole sur le psychisme et sur le corps est illustré par l'effet placebo. L'effet placebo est la guérison obtenue, dans 30 % des cas au minimum, quels que soient les symptômes, lorsqu'un sujet souffrant sollicite l'aide d'une personne supposée posséder le pouvoir de guérir : médecin, guérisseur, chaman, sorcier... La relation d'intersubjectivité passe par l'échange de deux paroles : « Je vous demande de me guérir » à quoi répond : « Je vais vous guérir. » Des travaux scientifiques récents ont pu mettre en évidence que des phénomènes biologiques internes au sujet souffrant étaient déclenchés par cette parole qui guérit et correspondaient spécifiquement à la nature de la pathologie traitée. La parole qui guérit induit dans le psychisme de celui qui souffre la force de guérir et le psychisme agit sur le corps pour libérer des substances provoquant la guérison. Dans le cas de la douleur, on a pu montrer qu'il s'agissait d'endorphines (une morphine naturelle) et, dans le cas de la maladie de Parkinson, c'est la dopamine, neurotransmetteur défaillant, qui a été libérée améliorant 30 % des malades. La vertu de la parole n'est pas magique, il existe un substrat biologique mis en œuvre dans cette relation d'aide intersubjective où les psychismes montrent l'étendue du pouvoir de la parole qui guérit.

J'ai développé les aspects de la relation entre le médecin et le malade et le pouvoir du psychisme dans le processus de guérison dans un ouvrage précédent[5]. Ces échanges de parole constituent la force de guérir.

Lorsque l'acte de parole est nocif, on parle d'effet nocebo. C'est le cas lorsque la relation entre le soignant et le soigné est mauvaise, que la parole de celui qui est censé guérir a été vulnérante. Alors apparaissent des effets indésirables après un traitement médicamenteux ou des complications après un acte chirurgical ou une investigation délicate. Ce n'est pas systématique, mais une étude publiée dans une prestigieuse revue médicale (*New England Journal of Medicine*) a montré combien la parole du chirurgien avant l'intervention avait une influence sur la fréquence des complications post-opératoires (abcès de paroi, drain obturé).

La parole qui nomme la souffrance permet de la soulager. C'est le principe des psychothérapies par la parole. Mettre sa pensée en parole et l'exprimer devant un tiers n'est pas un acte anodin. S'entendre prononcer des mots à haute voix en présence d'un autre, ce n'est pas penser dans son for intérieur. S'entendre dire « J'ai toujours détesté ma sœur » ne produit pas les mêmes effets sur la compréhension d'une situation familiale que de penser qu'on ne s'est jamais bien entendu avec sa sœur. La fugacité d'une pensée qui vous traverse l'esprit ne permet pas d'en saisir toute la portée. Avoir prononcé les mots un à un, les sortir de sa bouche pour les proposer à l'oreille d'un autre et les entendre clairement soi-même amorcent le début d'un enchaînement d'idées qui rend plus lucide sur soi et sur les autres.

Seule la parole peut révéler à autrui, s'il est capable de l'entendre, la souffrance intérieure. Gustave-Nicolas Fischer remarque que la souffrance psychique n'est pas un symptôme, mais une façon douloureuse de vivre à l'intérieur de soi[6]. Cela ne se voit pas de l'extérieur et peut rester insoupçonné si la parole n'en rend pas compte. Guérir d'une souffrance psychique, c'est apprendre à vivre avec soi-même, à vivre différemment sa réalité d'aujourd'hui.

La souffrance peut parfois être soulagée quand elle est nommée par le médecin qui reconnaît alors son existence et sa légitimité. La parole donne un statut qui rassure : « On sait ce que c'est... » Il en est ainsi d'entités récemment individualisées comme le syndrome de fatigue chronique ou la fibromyalgie. Comme le disait un médecin, J. Cabanne, sur les ondes de France Info le 13 mars 2004 : « Déjà, savoir que c'est une vraie maladie, donner un nom : fatigue chronique, ça soulage. » Il est des gens qui ne peuvent pas mettre leur souffrance en parole. Alors elle s'exprime par le corps et recevoir un diagnostic permet d'exister. Nommer un mal-être, c'est pouvoir se le représenter, l'extérioriser, et en parler aux autres. Le diagnostic de dépression remplit souvent cet office et permet de dire : « Cela fait vingt ans que je suis déprimée. » Dans ces cas, il ne s'agit pas d'un vrai trouble de l'humeur, mais d'une souffrance psychique qui n'a jamais rencontré une possibilité de s'exprimer.

La parole permet de nommer des responsables extérieurs qui sont chargés de tous les maux dans bien d'autres domaines. Le bouc émissaire a joué un rôle crucial dans l'histoire de l'humanité bien avant les écrits de René Girard.

Le pouvoir de la parole

Les pouvoirs de la parole sont multiples sur notre psychisme. Sa violence est inouïe et ses effets peuvent changer le monde.

Dans une de ses chroniques de *TéléCinéObs*, Jean-Claude Guillebaud remarquait avec subtilité et lucidité que, « durant ces dernières décennies, la parole radiophonique aura souvent précédé le meurtre. Elle l'aura appelé, allumé, excité, nourri. Dans ces haines ressuscitées au-dedans même des hommes, qui ont rouvert et rempli tant de charniers, les radios et les télés auront joué le premier rôle. Le pire de tous ». La parole aura opéré une mise en condition de la haine et du meurtre. Heureusement, pour nous consoler, il nous rappelle Radio Londres, quand « Les Français parlent aux Français » apportait l'espoir. La parole peut détruire un être humain par l'offense, le mépris, l'humiliation, l'abaissement. Ce sont des violences symboliques qui mettent en jeu la dignité, la respectabilité, l'identité, c'est-à-dire le sentiment de soi, de sa valeur, de son existence. On sait combien la calomnie et la rumeur sont des paroles mortelles. L'injure est un pouvoir de la parole sur le symbolique. Elle assimile l'autre à ce qu'il y a de plus bas, elle transgresse le sacré ou le sacralisé, elle fait référence à des caractéristiques personnelles investies symboliquement comme infériorisantes. Les injures sont souvent liées à la culture et n'ont guère de sens en dehors d'elle. Traiter de « cochon » un musulman ou un Lapon ne produira pas le même effet. Les injures du capitaine Haddock font rire parce qu'elles n'ont aucun sens et ne heurtent aucune culture intime, privée ou sociale. Le pouvoir libérateur de la parole ne s'exprime pas que dans les psychothérapies. La confidence, l'aveu, la confession permettent de « soulager sa conscience » et d'instituer le partage. C'est pourquoi la nécessité de partager la parole a toujours existé et pris des formes diverses : de la case à palabres au groupe de parole, du tour de table à la réunion de synthèse, tous les alibis sont justifiés pour retrouver cette fonction fédératrice de la parole qui circule et qui est échangée.

C'est parce que la parole est puissante et dangereuse qu'elle peut être subversive ou révolutionnaire, qu'il existe des moyens de la faire disparaître ou de l'empêcher de se faire entendre. La censure, l'embargo sont des mesures que les journalistes connaissent bien et redoutent, eux qui ont le devoir de parole.

À la recherche de la parole perdue

Notre société a manifestement remplacé la parole par l'image. La radio est supplantée par la télévision et le paraître se substitue à l'être. On n'a pas besoin de la parole pour paraître. Les dangers ne sont pas minces quand on sait le rôle de la parole dans l'humanisation et la culture. Fonder, transmettre, représenter, imaginer nécessitent la parole, même si l'image peut jouer un rôle important dans ces fonctions quand elle n'est pas dissociée de la parole.

Les modalités de la vie amenuisent les échanges de parole dans la sphère privée comme dans l'espace public. Les conditions de l'habitat, des transports, du travail, des loisirs, de l'existence quotidienne limitent les occasions de parole. L'accélération du temps, l'obligation de productivité sont des facteurs défavorables. On est confronté à une perte des circonstances, des raisons ou des lieux d'échange de parole. Que sont devenus l'agora, le forum, le mail, le boulingrin ou la place du village ? Seuls subsistent à Londres les tribuns de Hyde Park, qui, juchés sur leur caisse en bois, rappellent encore que la parole rassemble les hommes qui s'arrêtent un instant pour les écouter.

À Central Park, à New York, on court en survêtement et lunettes noires, le casque sur la tête pour écouter autre chose que le chant des oiseaux dans les arbres. Ne les arrêtez pas pour demander votre chemin, ils appelleraient la police !

Les cafés, les bistrots en France disparaissent et sont remplacés par des agences bancaires ou des compagnies d'assurances. Et pourtant l'envie est grande de retrouver la parole perdue. La naissance spontanée des « cafés philo » ou l'explosion de l'utilisation privée des téléphones portables en sont des exemples. La déshumanisation par la perte de la parole, la solitude par perte de la solidarité vont de pair. Les « petits boulots » ont disparu et les occasions d'échange de parole avec le poinçonneur du métro, le pompiste ou la mercière n'existent plus. Les grandes surfaces ne se prêtent pas aux échanges et le bavardage avec les caissières de supermarchés les conduirait à la faute professionnelle. Certains métros ne comportent ni conducteur ni employé, et les stations-service sont entièrement automatisées. Les réclamations ou les renseignements téléphoniques mettent en rapport avec des voix enregistrées (il n'y a plus d'être humain au numéro que vous avez demandé) et les passants déambulent les yeux ailleurs, l'oreillette du baladeur leur délivrant une musique synthétique qui les rendra sourds avant l'âge. À la maison, les enfants vautrés devant la télévision regardent des inepties en tentant de faire leurs devoirs quand ils ne sont pas rivés à leur Game-boy et autre console de jeux où on s'entretue au milieu des flashes lumineux et de bruits artificiels et stridents.

La connaissance ne passe plus par un orateur. Le conférencier triturant son ordinateur disparaît dans le noir et lit, en même temps que le public, un texte qui apparaît sur un écran. C'est le triomphe de l'« audiovisuel » et la parole est perdue. À la télévision le débat n'existe plus et ne subsiste que la polémique. L'interviewé n'a pas commencé sa réponse qu'on lui coupe la parole qui d'ailleurs n'est jamais écoutée. Les grands événements de la vie politique en France sont assez exemplaires à l'égard de la parole perdue. On convie des représentants des différentes formations pour commenter les résultats d'un suffrage. Alors la cacophonie s'installe, chacun interrompt son interlocuteur, le respect de la parole de l'autre n'existe pas, et le débat politique devient un bruit de fond. Regardez le succès des quelques rares tribuns de la vie politique. Peu importe ce qu'ils disent. Ils ont du succès parce qu'ils restaurent la parole. Le pouvoir de la parole ne s'exerce pas en lisant sur un prompteur des chiffres et des statistiques. Qui sait encore faire un discours sans lire un texte qu'il n'a d'ailleurs pas écrit lui-même ?

À la télévision, autrefois, une des émissions qui avait le plus de succès montrait un grand barbu avec l'accent de sa province qui racontait des contes et des légendes assis à côté d'un feu de bois. Petits et grands étaient captivés et en parlaient ensemble quand l'histoire était terminée.

Aujourd'hui, les présentateurs ne sont plus des conteurs, mais de vrais compteurs avec une oreillette qui leur envoie dans le tympan le texte qu'ils doivent débiter. Même les comédiens, au théâtre, utilisent des oreillettes. La hantise du « zéro défaut » n'autorise plus le trou de mémoire, l'émission en direct, le cafouillage ou le bafouillage qui rendaient les gens un peu humains. Oui, vraiment, la parole a disparu. Comme elle n'existe plus dans la sphère privée et que les places publiques ont été remplacées par des parkings on va raconter ses secrets de famille, ses maladies, la misère de sa vie sexuelle ou ses diverses souffrances et turpitudes sur un plateau de télévision. Ce sont les seuls thèmes qui semblent susciter l'intérêt. C'est une confusion entre la vie intime et la vie publique dont seul l'Audimat doit tirer profit.

Dans notre société, on a cru que montrer remplacerait la nécessité de dire. C'est faux. L'image, ce n'est pas la parole. L'image qui s'impose à chacun renvoie à la solitude qui isole et ne crée pas de lien. La culture de la bulle individuelle ne permet pas de vivre en collectivité.

Quand on n'ose pas parler de sa souffrance psychique, c'est le corps qui s'exprime par la somatisation.

Quand on ne peut pas parler parce que règne la censure, c'est la révolte qui gronde.

Quand on ne sait pas parler parce que la parole a disparu dans la société, on ne dispose plus que du passage à l'acte. La perte du dialogue, des espaces et des temps de parole dans la sphère privée et publique, du vocabulaire et de la culture qui modulent la pensée pousse au passage à l'acte et à la violence comme moyen d'expression.

Quand on n'a plus la parole, il ne reste que le geste. La parole perdue laisse une pensée rudimentaire. C'est la parole qui permet la nuance, la temporisation entre la pulsion et sa réalisation, l'anticipation et la spéculation. Que devient l'échange entre humains lorsque l'on ne dispose que de quelques centaines de mots de vocabulaire et que l'on n'a jamais connu le dialogue ? Le désir d'objet devient le vol, le désir sexuel devient le viol, et les échanges avec l'autre se font avec des coups. La restauration de la parole qui produit la culture et la rend accessible est le seul traitement préventif de la violence et du passage à l'acte.

En médecine, la psychiatrie est la seule discipline où il n'existe aucune investigation technique, instrumentale ou biologique, et où la pathologie ne s'exprime que par la parole. Les thérapies par la parole et la relation humaine, maîtrisées par des spécialistes ayant reçu une formation spécifique, demeuraient la base de tout traitement auquel se sont ajoutés au milieu du XXe siècle des médicaments dont l'action est symptomatique. Ce dernier bastion de la parole exprimant la souffrance psychique et de la parole thérapeutique susceptible de la soulager a fini par disparaître. Pas en totalité, car il existe des îlots de résistance. La mondialisation uniformisante des symptômes de la souffrance psychique sous l'influence totalitaire de la psychiatrie américaine a remplacé l'écoute et le dialogue par le remplissage de questionnaires et d'échelles de comportement.

La psychanalyse qui n'existe que dans et par la parole est devenue la bête à abattre. Les campagnes les plus féroces se déchaînent contre elle avec une telle violence qu'il faut en saisir les vraies raisons. Il ne s'agit pas d'intérêts corporatistes et de compétition commerciale visant à éliminer les quelques milliers de psychanalystes qui exercent encore leur métier. Il s'agit de réduire et d'éliminer le dernier territoire où on défend la liberté de la parole. On peut observer que la psychanalyse a été interdite par toutes les dictatures. Je n'appartiens à aucune école, association, clan ou milieu psychanalytique. J'observe simplement la société dans laquelle je vis et j'ai conscience que si la psychanalyse devait disparaître, comme risque aussi de disparaître la liberté de la presse, alors la parole serait vraiment perdue.

J'ai cependant confiance dans la force de la parole et Aldous Huxley nous a montré le chemin. Tant qu'il existera de l'humain, la parole pourra resurgir et donner envie d'échanger. Internet avec ses forums de discussion et l'explosion récente des « blogs », ces journaux intimes accessibles à tous, ce qui est paradoxal, montrent que l'espoir n'est pas vain. Retrouvez le plaisir de la parole. Parlez pour exister, pour moins souffrir. Sachez parler d'amour, raconter des histoires, déclamer de la poésie. Parce que parler, c'est toujours s'adresser à un autre et que l'on n'est pas humain quand il n'y a pas d'échange.

CHAPITRE VI

La science s'arrête aux portes de l'intime

Dès que l'homme a eu conscience qu'il existait, il a commencé à s'interroger sur lui-même et sur le monde qui l'entourait. Pendant des milliers d'années, les croyances et les religions ont fourni des réponses à ses questions. Les philosophes, dans les différentes cultures, ont aussi apporté leur contribution. La science est enfin apparue et, en Europe occidentale, elle a dû longtemps composer avec prudence avec la religion dominante pour donner sa vision de la nature, du cosmos et du corps humain. C'est au XIXe siècle que les connaissances sur le cerveau ont commencé leur prodigieuse progression grâce à la méthode anatomo-clinique et à la médecine expérimentale. Avec l'utilisation de technologies microscopiques et moléculaires, puis le recours à l'imagerie cérébrale fonctionnelle chez l'homme vivant ainsi que les progrès généraux de la biologie, les neurosciences se sont constituées en discipline majeure à la fin du XXe siècle. Les très anciens débats sur le corps et l'esprit ont reçu des éclairages nouveaux et certains philosophes essayent même d'intégrer les données de la neuropsychologie cognitive à leurs réflexions. Des travaux sur l'empathie, déjà cités dans cet ouvrage, en sont un exemple très récent[1]. L'âme qui figurait traditionnellement dans ces confrontations a disparu définitivement, semble-t-il, en cours de route. Restent donc en présence le cerveau et l'esprit, dont les affrontements trouvent leur acmé avec la cause des troubles psychiques.

Pour faire court et brutal, on peut dire qu'il s'agit d'incompatibilité entre la conception des neurosciences, en particulier de la psychologie cognitive, et celle de la psychanalyse. Les uns affirment que tout est dans le cerveau, dont on comprend de mieux en mieux les fonctionnements subtils ; les autres soutiennent que le psychisme est une entité dont ils savent décrire le fonctionnement et soulager la souffrance. Je voudrais montrer que ce débat n'a pas lieu d'être, car il repose sur un quiproquo fondamental, une ambiguïté abyssale, dont les conséquences sont catastrophiques sur la société et sur les individus. Représentation du statut de la personne humaine, compréhension des acquis culturels, conception de l'aide à la souffrance psychique et des traitements en psychiatrie dépendent de ces positions idéologiques. Peut-on expliquer exclusivement l'homme par le fonctionnement de son cerveau ? Peut-on, dans sa singularité, le déchiffrer uniquement à travers son psychisme ?

Je voudrais montrer que les uns et les autres ont à la fois tort et raison et que, de surcroît, ils ignorent manifestement la troisième instance qui fonde notre existence humaine : le rôle des organisations sociales au sein desquelles nous vivons.

On retrouve finalement dans cette perspective biopsychosociale les trois dimensions au sein desquelles évolue notre psychisme ; le réel qu'étudie la science, l'outil cérébral biologique qui permet aux fonctions cognitives d'exister, lesquelles sont identiques chez tous les hommes, le symbolique, univers de sens au sein duquel nous évoluons, qui nous est apporté par la communauté des hommes, ses usages et ses institutions ; l'imaginaire enfin, création purement personnelle, qui, associé aux fonctions cognitives du réel et au symbolique, nous permet, à chacun, d'élaborer notre psychisme.

La difficulté réside dans le fait qu'une description successive de ces trois instances ne rend pas compte du fait qu'elles fonctionnent toujours de manière indissociable et simultanément. On peut découvrir la localisation cérébrale des fonctions mentales des cognitions communes à tous les hommes, mais pas du psychisme qui ne se manifeste que par la parole de celui qui l'exprime.

Chacune de ces dimensions peut être étudiée, mais aucune discipline ne permet de le faire simultanément. La psychologie neurocognitive et les neurosciences peuvent expliquer comment fonctionne le cerveau de tous les hommes. La psychologie du psychisme peut aider à comprendre pourquoi telle personne racontant, avec ses mots, l'histoire de sa vie voit se répéter des séquences existentielles qui la font souffrir.

L'anthropologie sociale et culturelle et l'ethnologie en général peuvent aider à comprendre les modalités de fonctionnement des individus entre eux en décrivant les usages en vigueur dans les sociétés ainsi que leurs institutions et leurs techniques. Chacune de ces disciplines possède ses modèles, ses méthodologies, ses objectifs qui sont différents. Chacune apporte un éclairage qui lui est propre sur un ensemble complexe qui est la personne humaine, ses comportements psychosociaux et ses conduites psychologiques. Aucune approche n'exclut l'autre, aucune ne détient la vérité, chacune apporte sa petite pierre à l'édifice de la connaissance. La modestie dans sa propre compétence, le respect de celle des autres, les échanges de savoirs devraient contribuer à un développement harmonieux du progrès. Hélas, il n'en est rien. Lorsque le sociologue Alain Ehrenberg analyse les mécanismes sociaux qui concourent au développement croissant de la dépression, il ne met pas en cause les hypothèses biochimiques cérébrales chez le déprimé (possibles conséquences des conditions de vie), pas plus qu'il ne disqualifie le psychothérapeute aidant le déprimé à nommer sa souffrance, à la comprendre et à composer avec elle[2]. Il ouvre au contraire des perspectives et indique des mesures de prévention. Une approche différente de la sienne est-elle une concurrence inacceptable qui doit être disqualifiée ?

Si on s'intéresse aux rapports des humains entre eux au sein d'une institution, on s'immerge en son sein et on observe, en se faisant accepter par la communauté, les règles et les codes invisibles qui régissent les rapports réciproques. On est un sociologue de terrain. On ne s'intéresse ni aux modifications cérébrales induites par les conflits entre les personnes ni à la souffrance psychique individuelle engendrée par ces conflits.

Si au contraire on étudie les mécanismes cérébraux de la reconnaissance des visages, on établit un protocole expérimental standardisé, on fait passer les mêmes épreuves à un groupe de sujets sélectionnés sur des critères précis et on interprète statistiquement les données recueillies au cours de l'investigation. On n'interroge pas individuellement chaque participant au protocole sur les associations d'idées que la vision de telle photo a pu susciter en lui et sur les souvenirs intimes qui ont resurgi à cette occasion.

Si on écoute le récit d'une vie en essayant de saisir derrière les mots et les silences les raisons d'une souffrance psychique et le sens caché de conduites qui se répètent, on ne raisonne pas en termes de neurotransmetteurs, de réseaux neuronaux ou d'erreur de programmation cognitive.

Chacun doit rester dans son rôle et n'émettre des hypothèses ou ne tirer des conclusions que dans le strict domaine de son objet d'étude et de ses compétences.

Il faut admettre que nos mondes intérieurs dans leurs dimensions subjectives et qualitatives sont bâtis par la parole et ne peuvent être visités que par elle.

Confondre le psychisme avec les outils cérébraux qui lui permettent d'exister, c'est nier qu'il s'agit d'une entité spécifique. La science peut étudier les fonctions qui permettent sa naissance ; elle ne peut en appréhender le contenu, chaque fois individuel. Depuis très longtemps, certains scientifiques ont posé la question des rapports entre le cerveau et le psychisme sans trouver de piste pour comprendre les liens qui les unissent. D'autres ont choisi de nier l'existence d'une entité psychique qu'ils ne peuvent appréhender avec leurs méthodes d'investigation. Il y a plus de quinze ans, une réunion a eu lieu aux États-Unis qui portait sur « les prochaines étapes qui vont révolutionner la psychiatrie au XXIe siècle ». Nous y sommes et nous attendons toujours les révolutions. Certains participants, et non des moindres, se sont interrogés sur les risques d'une psychiatrie qui nierait le psychisme. Leon Eisenberg cité dans la revue *Science* rappelait que, lorsqu'il avait commencé ses études, la psychiatrie était *brainless*, qu'elle faisait l'impasse sur le cerveau, mais que, aujourd'hui, elle est *mindless*, elle oublie le psychisme[3].

Les rapports entre le cerveau et le psychisme ne peuvent se comprendre que si on introduit une troisième dimension : le rôle de la parole de l'autre avec ce qu'elle véhicule de sens et de symbolique. Ce n'est pas une caméra à positons qui révèle cette dimension, c'est l'écoute par une oreille humaine.

Les scientifiques s'intéressent à ce qui est commun au cerveau de tous les hommes, et les psychologues à ce qui est particulier à un seul être humain. Pour les premiers, il faut des procédures à valeur universelle, pour les autres il faut l'échange de parole dans l'intersubjectivité. Les premiers sont les « neuros », les seconds les « psys ».

Pas d'équivoque, pas de confusion de mots, pas de sauts incontrôlés de niveaux de connaissance. Le biologique, c'est ce qui est universel dans l'homme. Le psychique, c'est ce qui est individuel dans l'humain. Le sociologique, c'est ce qui est culturel dans le groupe.

Nul dualisme dans cette vision du cerveau et celle du psychisme, qui sont deux aspects d'une même réalité, comme Janus avait deux faces, ou comme Spinoza le soutenait déjà au XVIIe siècle. Jean Delay, éminent psychiatre français et homme de culture, ne disait pas autre chose au premier congrès mondial de psychiatrie le 19 septembre 1950, lorsqu'il affirmait à propos des méthodes « physiologiques » et des méthodes « psychologiques » : « Les unes explorent l'encéphale, les autres le psychisme. Elles ne font qu'explorer deux faces, dissemblables mais indissolubles, de la maladie mentale et leurs résultats particuliers demandent à être intégrés dans une perspective générale. »

Beaucoup de psychiatres semblent avoir oublié aujourd'hui la sagesse de cette affirmation. Pour la résumer par une boutade, on pourrait dire : « Parlez à mon psychisme, mon cerveau est malade. »

La science voudrait bien s'approprier l'étude de la subjectivité avec ses outils et ses techniques, mais celle-ci n'est pas un objet de la nature que l'on peut mesurer et soumettre aux statistiques. La subjectivité n'est qu'individuelle. À l'aune de quel étalon référence pourrait-on comparer les différentes subjectivités individuelles qui, par essence, sont uniques ? Peut-on décrire la norme en matière de peinture, de musique ou de poésie ?

La science doit savoir s'arrêter aux portes du psychisme.

Le discours scientiste n'est pas scientifique

Distinguons nettement la science et les vrais scientifiques du scientisme. La science produit des faits, le scientisme avance des promesses. La science ne sort pas de son territoire, le scientisme annexe de vastes contrées. Les médias s'intéressent plus au scientisme qu'à la science parce qu'ils préfèrent le sensationnel. L'opinion publique ne connaît pas les résultats négatifs et les déclarations fracassantes mais fallacieuses n'ont jamais de démentis.

Le discours scientiste s'apparente à la publicité et fait appel à l'imaginaire, au symbolique et à l'affectif. Il veut faire rêver sur le pouvoir de la science et propage des informations qui ne sont souvent que des hypothèses ou des spéculations en les présentant comme des faits démontrés. Le scientisme utilise des métaphores pour présenter des résultats et emprunte au vocabulaire d'autres disciplines des mots qui habillent des données physiologiques en les transformant en aspects de la subjectivité qui ne sont que l'interprétation subjective personnelle de l'observateur. Un quotidien titrait récemment : « L'altruisme humain décrypté au fond du cerveau. » L'article relate l'examen de seize femmes dont on a évalué les variations du débit sanguin cérébral par imagerie (résonance magnétique nucléaire) lorsqu'elles voient leur partenaire soumis à un test douloureux par stimulation électrique de la main. Cette situation augmente le débit sanguin cérébral dans une région du cerveau qualifiée de « région affective » (l'insula et le cortex cingulaire). Comme il s'agit d'une région supposée liée à l'affectivité, la conclusion est que l'on a identifié la zone cérébrale de l'altruisme. CQFD. Ne s'agit-il pas d'un abus de langage et la situation correspond-elle vraiment à la mise en œuvre de l'altruisme entre ces personnes et leurs partenaires dont on ignore tout de leurs relations affectives ?

Les exemples peuvent être multipliés à l'infini et encombrent la presse grand public en créant des représentations sociales qui ne correspondent ni aux vérités de la science ni aux situations psychiques revendiquées. On peut citer : « Des centres du beau dans le cerveau » (*Le Quotidien du médecin*), « Les neurosciences découvrent les sources du plaisir sensoriel » (*Le Monde*). Un colloque s'intitule : « La neurobiologie des valeurs humaines. Le Vrai, le Beau, le Juste. » Il n'est pas jusqu'à la spiritualité et à la notion de Dieu qui ne soient récupérées par le scientisme : « De la neurologie mystique au gène de Dieu. Biologie de la foi » (*Le Nouvel Observateur*).

Ce ne sont pas les expérimentations qui sont critiquables, c'est l'interprétation qui en est faite et le choix des mots utilisés pour en décrire les résultats. Au mieux, et c'est déjà d'un intérêt considérable, on met en évidence que le cerveau doit être en état de marche pour permettre une activité psychique. Que des zones spécifiques, des circuits particuliers soient mis en œuvre pour être le support neuronal d'événements psychiques précis n'est pas fait pour étonner. On est dans le localisationnisme moderne, autorisé par des techniques sophistiquées. En tout état de cause, on se situe dans le « comment ça marche » et pas dans le contenu individuel subjectif du phénomène psychique, et sûrement pas non plus dans le « pourquoi est-ce arrivé chez telle personne, à tel moment et dans telle circonstance ».

Heureusement, de nombreux scientifiques authentiques critiquent ces excès, mais ils n'ont pas toujours l'occasion d'être assez entendus. La démarche intellectuelle de Marc Jeannerod est exemplaire à cet égard. Dans *La Nature de l'esprit*, il ne joue pas avec les mots et l'« esprit » ne concerne que les fonctions cognitives, dont font partie les émotions comme résultats d'une situation vécue[4]. Jean-Claude Ameisen, président du Comité d'éthique de l'INSERM, constatant que les neurosciences relient des états particuliers du cerveau à des émotions ou à la conscience, s'interroge : « Jusqu'à quel point une description détaillée d'un état d'activité du cerveau pourra-t-elle rendre compte de la réalité d'une expérience vécue par une personne ? »

Oui, la réalité de cette expérience vécue est dans le psychisme, et sa connaissance n'est accessible que par la parole, même si elle est concomitante d'un état particulier d'activité du cerveau. On ne se situe pas au même niveau d'explication. Aucune approche n'exclut l'autre.

De la même manière, Catherine Vidal, neurobiologiste et directrice de recherche à l'Institut Pasteur, critique vigoureusement les déclarations tonitruantes sur la découverte des « gènes de la morale » et l'affirmation selon laquelle « l'apprentissage à discerner le bien du mal dépend de la maturation des circuits neuronaux[5] », eux-mêmes placés sous contrôle génétique. Après la neurophilosophie, c'est la neuroéthique qui voit le jour !

Yves Burnod quant à lui, responsable du laboratoire INSERM « Plasticité cérébrale et adaptation des fonctions visiomotrices » et spécialiste d'imagerie cérébrale, règle leur compte aux affirmations sur la capacité de l'imagerie par résonance magnétique nucléaire à révéler ce que nous pensons. « Les chercheurs risquent de dire plus qu'ils n'observent en raison de la compétition scientifique. [...] La science n'a pas d'autre garde-fou que l'honnêteté scientifique. » Mais ce chercheur, un peu désabusé, prédit l'annonce prochaine de la découverte d'une région cérébrale « de l'intelligence ou de la morale », si ce n'est « de la tristesse ou de la fidélité[6] » !

Le discours scientiste a des effets obscurantistes et leurre souvent l'opinion publique. C'est le fait des idéologies dominantes qui ne supportent pas ce qu'elles ne contrôlent pas, ce qui leur échappe, ou les met en difficulté. Ce fut le cas de la religion à l'égard de la science à une certaine époque ; c'est aujourd'hui celui du neuroscientisme à l'égard du psychisme et de ceux qui l'étudient. Ils ne sont pourtant ni des pourfendeurs de la science ni des négationnistes des acquis de la neurobiologie. Le matérialisme organiciste n'est pas incompatible avec la reconnaissance du psychisme. L'art, la spiritualité, les valeurs morales, la symbolique et le sens sont le fruit de la transmission acquise et de la création individuelle et sociale. Dans l'évolution, c'est l'espèce qui transmet à l'individu par les gènes ; dans l'humanisation, c'est l'individu qui transmet au groupe social par son œuvre.

La négation du psychisme et l'explication du subjectif et du qualitatif de l'humain par le seul cerveau correspondent, selon Rousseau, « à ceux qui nient ce qui est et qui expliquent ce qui n'est pas ».

Faut-il voir dans ce centrage exclusif sur le cerveau une valorisation totalitaire du corps ? Après l'avoir ignoré, brimé, mortifié, on exalte le corps. Notre animalité est devenue triomphante. Légitime et inéluctable mouvement de balancier dans l'histoire des rapports de l'homme à son corps ! L'hédonisme est devenu une philosophie et la société marchande a largement exploité cette passion de l'homme pour son corps grâce à la mode, à la cosmétologie, aux remodelages chirurgicaux, aux cures diverses de remise en forme et aux salles de gymnastique. Aujourd'hui, on observe son corps, on l'écoute, on le valorise. Le narcissisme est visible à l'œil nu. Bravo ! Juste retour des choses, après tant d'années de négation dans la culture occidentale.

Toutefois, le scientisme, notre religion moderne, quittant ses outils d'investigation et ses résultats statistiques observés chez le rat, extrapole à l'homme et généralise pour l'opinion publique. Tout est dans le corps, y compris dans ses constituants les plus intimes. La morale et l'esthétique se débusquent dans la molécule comme la passion amoureuse se traque dans les hormones. Le corps est l'avenir de l'homme. D'ailleurs, on en est si fier que l'on va le reproduire, pourquoi pas à l'infini, par le clonage. Cela dit, certains corps feraient mieux de rester discrètement cachés pour ne pas offenser la vue. Jean-Claude Guillebaud a une hypothèse sur ce phénomène. « Si le corps triomphe, c'est aussi parce qu'il abriterait désormais un principe *explicatif.* » Voilà le quiproquo installé : explication de quoi ?

Mais qui peut contester le scientisme puisqu'il se réclame de la science ? La science quand elle produit des faits est inattaquable. Le scientisme ne produit pas des faits mais des promesses d'explications universelles qui sont la poésie d'aujourd'hui. On peut critiquer la politique, l'art, la gastronomie, que sais-je encore : les saisons, la loi, la justice, mais personne ne peut critiquer la science et le scientisme en profite. Il n'existe pas de « critique scientifique », comme il en existe pour la littérature ou le cinéma. On ne critique que le subjectif. Or le scientisme se développe dans la subjectivité. Les seuls qui possèdent la légitimité pour assumer cette critique, ce sont les vrais scientifiques, mais ils ne sont pas assez nombreux à le faire.

Les quiproquos qui profitent au scientisme

Il est des mots qui décrivent des aspects qualitatifs du psychisme et d'autres qui concernent des phénomènes quantifiables du corps et du cerveau. Il ne faut pas les confondre car ils décrivent des univers différents. L'équivoque, c'est d'utiliser l'un pour l'autre et de laisser croire qu'ils sont interchangeables. Ce que l'on a dit à propos de l'un n'est pas exact à propos de l'autre. On a déjà vu que la douleur (physique) n'est pas la souffrance (psychique), que le langage n'est pas la parole, que le subjectif n'est pas assimilable à l'objectif et que le qualitatif n'est pas, par essence, le quantitatif. On peut multiplier les exemples. Les conséquences de ces confusions ne sont pas anodines. Parfois, on est contraint à l'amalgame, mais il ne faut jamais oublier qu'il s'agit d'une convention et d'une fiction. Lorsqu'en psychiatrie on interroge un patient anxieux, il parle de ce qu'il éprouve subjectivement. S'il évoque des « sensations » pénibles de tension, il ne s'agit pas de la stimulation physiologique de ses appareils sensoriels. Quand on fait la liste des symptômes subjectifs dont il parle, et qu'avec sa propre subjectivité l'observateur va arbitrairement attribuer une note chiffrée pour qualifier l'intensité du symptôme, il transforme du subjectif en quantitatif (la subjectivité du patient additionnée à la sienne). Ce chiffre va alors prendre une existence en lui-même. Des évaluations répétées dans le temps vont aboutir à une liste évolutive de chiffres avec lesquels on fera des statistiques pour mesurer, par exemple, l'effet supposé d'un traitement tranquillisant.

On voit comment on est passé, par nécessité certes, d'un registre subjectif à un autre qui est objectivable et quantifiable et que l'on va traiter comme un objet de la nature. C'est une totale construction culturelle, mais on va oublier qu'il en est ainsi et parler de « symptômes anxieux » comme s'il s'agissait de l'évolution de la température du corps au cours d'une fièvre. On a fait entrer la subjectivité du psychisme dans l'univers de la science. Ces quiproquos sont constants. On étudie par exemple un phénomène corporel qui s'exprime par des manifestations mesurables et on extrapole les résultats à un état psychique qui peut en être totalement dissocié. Le désir n'est pas l'amour et le plaisir n'est pas le bonheur. La cognition est une fonction et le psychisme est une construction. Chaque domaine doit être abordé selon des modalités différentes et spécifiques sans entretenir l'amalgame ou la confusion. Cette question est cruciale quand on veut différencier les émotions et les sentiments. Pour certains, il n'y a pas de différence.

C'est faux. Antonio Damasio admet qu'il s'agit d'entités distinctes avec des connexions étroites. Son ouverture d'esprit lui permet de concevoir que les émotions représentent des ensembles de réactions corporelles et que les sentiments nécessitent « une prise de conscience[7] ». On voit bien le rôle des mots dans les représentations. Il faut aller plus loin. Pourquoi ne pas admettre que les émotions se donnent à voir et sont observables par un tiers (peur, joie, colère) et que les sentiments, liés ou non aux émotions, sont un éprouvé de la vie psychique seulement exprimable par la parole et analysable par celui qui les ressent ou par celui qui les entend énoncer. Les émotions, phénomènes physiologiques, engageant le corps et les cognitions du cerveau, peuvent être étudiées quantitativement par les neurosciences. Les sentiments, événements de la vie psychique, différents selon chaque sujet qui en parle, ne peuvent être communiqués qu'à celui qui sait les entendre.

Il ne s'agit pas de dualisme, mais de la position que l'on occupe pour saisir la complexité de la personne humaine.

On peut feindre des émotions sans éprouver de sentiment. C'est le rire « qui sonne faux » ou les « larmes de crocodile ». Les comédiens sur scène miment des émotions et, lorsqu'ils éprouvent un sentiment, ce qui arrive parfois, on dit : « Comme ils jouent bien ! » La vie affective où amour et sexualité sont souvent dissociés se prête assez bien à ces discordances. Songerait-on à confondre l'œil qui est un organe de la vision et le regard qui est le miroir de nos sentiments ? C'est pourquoi les regards s'évitent lorsque le discours triche ou ment. Observez les politiques en gros plan, à la télévision. Leurs regards en disent plus long que leurs discours et ils ont pour consigne de ne jamais regarder la caméra en face.

Les acteurs de films X ont fait leur métier de cette dissociation des émotions affichées et des sentiments éprouvés. Au théâtre ou au cinéma, l'écart trop évident entre émotions et sentiments fait dire que l'acteur en fait trop et cela peut même avoir un effet comique, ce qui n'est pas le but recherché. Dans la vie quotidienne, lorsque la crédibilité du comportement émotionnel est mise en cause ne dit-on pas : « Il joue la comédie » ? La sincérité des sentiments ne se mime pas, elle se communique dans l'intersubjectivité.

On peut cacher ses sentiments, par pudeur, par retenue, par éducation. Le *never explain, never complain* de l'éducation anglaise n'autorise pas l'extériorisation des émotions mais n'empêche pas les sentiments intimes. Dans d'autres cultures, la manifestation bruyante des émotions n'implique pas toujours une adéquation avec les sentiments supposés correspondre. On peut louer des pleureuses pour les enterrements dans certains pays.

Les rapports entre émotions et sentiments sont un bon « modèle » pour réfléchir à ce qui différencie les phénomènes physiologiques et psychiques et aux liens qu'ils nouent entre eux. On peut admettre qu'un sentiment peut amener à cacher ses émotions (s'empêcher de pleurer si on est triste) et qu'une émotion peut ne correspondre à aucun sentiment lorsqu'elle est feinte. Dans des conditions habituelles, le sentiment précède l'émotion, mais parfois la contamination par sympathie peut faire éprouver une émotion. Quand on va à l'enterrement de quelqu'un d'inconnu, l'empathie nous fait comprendre le chagrin de ses proches qui sont nos amis. Leur émotion peut parfois se communiquer par mimétisme et conduire à éprouver un sentiment de tristesse par sympathie à leur égard. Ces allers et retours entre la vie psychique et les fonctions cognitives montrent à la fois leurs liens étroits mais aussi leurs registres respectifs. On comprend que ses amis sont tristes en les voyant pleurer, mais ce n'est que s'ils nous parlent que nous saurons pourquoi la tristesse de chacun d'eux est différente et dépend de la nature du lien qu'ils avaient avec le disparu.

Le même événement selon qu'il est vécu au premier degré ou observé dans l'indifférence ou dans la sympathie va entraîner des effets différents. Une vieille dame glisse dans la rue sur une peau de banane et son chien qui tire sur sa laisse l'entraîne dans une irrésistible glissade. Si vous êtes un passant anonyme, vous pouvez éclater de rire. Henri Bergson a bien montré les mécanismes en cause dans ce cas. La vieille dame ne rira sans doute pas et, si vous êtes sa fille, vous pouvez avoir très peur. La dissociation ou la coïncidence de l'émotion et du sentiment dépendent de la référence symbolique et du sens dans le psychisme. Antonio Damasio distingue les émotions qu'il qualifie de primaires : joie, tristesse, peur, colère, surprise et dégoût[8]. Elles donnent lieu à des expressions physiques du visage que les chercheurs utilisent pour tester par des photos les phénomènes cognitifs suscités chez l'observateur. Soit. C'est une situation expérimentale artificielle qui ne tient compte ni du sentiment réellement éprouvé en regardant les documents ni de l'absence totale de contexte relationnel personnel comme c'est le cas dans la vie quotidienne.

Cet auteur individualise aussi les émotions « sociales » : embarras, sympathie, orgueil, jalousie, admiration qui impliquent l'autre. Si le mécanisme cognitif de ces émotions peut être commun chez tous les hommes, la connaissance de ce mécanisme ne renseigne en rien sur les circonstances, la nature du lien avec celui qui suscite ces émotions, et les raisons de leur survenue. Seule la parole de celui qui vit ces émotions pourra répondre à ces interrogations. C'est la parole, de surcroît, qui a nommé ces émotions, leur assignant un contenu symbolique et affectif correspondant à une situation sociale particulière entre deux êtres humains qui échangent par leur intersubjectivité les contenus psychiques de leurs mondes intérieurs respectifs. On n'est pas jaloux ou admiratif de n'importe qui, n'importe quand et dans n'importe quelle circonstance. Autant de situations singulières qui doivent comporter du sens, seulement pour deux êtres humains, pour pouvoir exister.

Lorsque Damasio affirme qu'il y a une « biologie des sentiments », personne ne songerait à le contester. La biologie est le support matériel nécessaire pour que le sentiment puisse exister, mais elle ne préjuge en rien des caractéristiques du monde psychique qui l'ont fait naître pour qu'il ait du sens.

Imaginons que l'on trouve l'hormone de la jalousie et que l'on puisse la stimuler à l'envi. Cette stimulation provoquerait une jalousie aveugle, à l'égard de n'importe qui et serait vide de sens. Au cours de stimulations cérébrales en neurochirurgie stéréotaxique chez une femme éveillée, on a provoqué fortuitement des crises de rire et des crises de larmes selon le point de stimulation. On a proclamé qu'on avait découvert les centres responsables de la dépression et de l'état d'euphorie maniaque. Cette malheureuse femme pleurait sans raison et ses émotions n'avaient aucun sens. Découvrir qu'il faut un cerveau pour rire et pour pleurer n'est pas une révélation. Constater que certaines zones cérébrales privilégiées se chargent de ces fonctions est une constatation intéressante, mais dans la vie quotidienne seule la parole révélera les raisons psychiques personnelles de ces émotions. Le quiproquo assimilant l'émotion et le sentiment prive l'accès au psychisme. Un autre excès de langage consiste à utiliser des mots ayant un contenu sémantique seulement applicable à l'humain doué de parole symbolique pour décrire des comportements animaux. Peut-on, comme le fait Antonio Damasio[9], parler de bonheur, de tristesse, de colère ou de dégoût chez l'animal ? Il évoque « l'irritation de la mouche quand on la dérange ». Ne s'agit-il pas de l'identification et de la projection de l'observateur devant un comportement animal qui relève de l'anthropomorphisme ? Les animaux extériorisent par des comportements et des modifications physiologiques leur capacité d'adaptation à des situations dangereuses, douloureuses ou confortables (satiété, caresses du propriétaire). Faut-il pour autant utiliser à leur propos des mots qui n'ont de sens qu'en référence au symbolique, à l'abstrait ? Je suis de ceux, très peu nombreux il est vrai, qui pensent encore que la parole est ce qui différencie l'homme de l'animal. Ne dit-on pas : « Il ne lui manque que la parole » ?

Revenons au sens précis des mots pour celui qui les utilise. C'est le travail d'élucidation qui est fait en psychothérapie. Acceptons de distinguer l'émotion qui provoque un comportement et le sentiment qui justifie une conduite. On peut faire semblant de jouir, on ne peut pas faire semblant d'aimer. Ou alors, c'est que l'on a confondu comportement et conduite. Le sentiment est le « pourquoi » des émotions. L'émotion est le « comment » de l'expression des sentiments. N'y a-t-il donc plus d'ange pour « donner un sens plus pur aux mots de la tribu », comme le souhaitait Mallarmé ?

Ce sont tous ces quiproquos, glissements de sens, amalgames, confusions qui ont préparé et organisé le déni de l'existence du psychisme. Si l'émotion n'est pas le sentiment, le plaisir n'est pas non plus le bonheur et le désir n'est pas l'amour. Le biologiste qui décrit ces expériences n'a pas à emprunter le vocabulaire du psychisme, qui est un autre domaine de connaissances. On ne peut pas partir d'un fait biologique, responsable d'un comportement et conclure par une affirmation relevant du psychisme et d'une conduite. Que signifie : « L'ocytocine explique comment on devient amoureux » ? L'ocytocine conditionne un comportement sexuel. L'amour est un ensemble de conduites et de sentiments humains, strictement humains, exprimés par la parole. On peut copuler sans dire « je t'aime », on peut mentir en copulant tout en disant « je t'aime » et on peut dire « je t'aime » sans copuler. Que fait donc l'ocytocine dans tout ça ?

On peut donc désirer sans aimer (c'est fréquent) et on peut aimer sans désirer car l'amour exprime un attachement, c'est-à-dire le poids affectif d'une personne pour une autre. L'amour parental ou filial laisse le désir dans les limbes de l'inconscient. Quant à l'amour conjugal, c'est variable. L'amour est dans le psychisme et le désir est dans les hormones. Parfois ils se rencontrent, cela dépend des circonstances.

Le déni de l'existence du psychisme et ses conséquences

Si des spécialistes du psychisme ont fait l'effort d'acquérir des connaissances dans le domaine des neurosciences et parfois de travailler et de publier dans ces disciplines, l'inverse est très rare. En revanche, des essais de dialogue entre gens de bonne volonté et ne s'ignorant pas ont conduit à des confrontations très intéressantes. On a tout à gagner pour sa propre réflexion à ne pas négliger les domaines qui nous sont proches. Nul essai d'un impensable syncrétisme mais une sorte de reliance des savoirs qui produit plus que ce que chacun d'entre eux, pris isolément, aurait pu apporter. Tels sont les ouvrages de Jacques Hochmann et Marc Jeannerod[10], de Bianca et Bernard Lechevalier[11] ou de François Ansermet et Pierre Magistretti[12]. Ces exemples sont l'exception. L'impossible dialogue tient souvent au fait que chacun vit dans son monde de représentations et n'a qu'une idée très mince et souvent caricaturale de l'univers dans lequel la pensée de l'autre évolue. Si l'on ajoute la confusion sur le sens des mots (esprit, psychisme, mental), le sentiment d'être confronté à un adversaire, la dévalorisation réciproque, l'engagement affectif personnel pour ses idées, on conçoit que l'incommunicabilité est plus importante encore que dans les échanges habituels dans la société. Pirandello a bien décrit cette imperméabilité entre nos mondes intérieurs liée au sens différent que l'on donne aux mots que l'on utilise. Dans *À chacun sa vérité*, il s'agit de la vie quotidienne et des rapports entre les êtres humains. Entre les neurosciences et les psychologues du psychisme, l'étanchéité est totale. Il n'y a même pas le désir de s'informer, de comprendre les arguments de l'autre. Il n'y a que la polémique, la dévalorisation et l'anathème. Il y a surtout l'ignorance. Tout scientifique cherche la vérité. C'est donc qu'il est habité par l'ignorance et que cela lui pèse. Mais il n'est pire ignorance que de croire que l'on sait et de se permettre de juger le discours de l'autre sans savoir réellement de quoi il s'agit. J'ai été le témoin, dans un camp comme dans l'autre, de ces positions critiques, parfois féroces, énoncées en totale méconnaissance du domaine qui était visé. Les excès des uns et des autres sont parfois à l'origine de ces jugements défavorables. Il y a une grande similitude entre le discours scientiste triomphant de ceux qui affirment « voir le cerveau penser » en imagerie cérébrale et le discours de certains psychanalystes qui font d'une psychogenèse ésotérique l'alpha et l'omega des conduites humaines. La passion de l'ignorance n'épargne personne. Dans un de ses ouvrages, Roland Gori consacre une étude approfondie de cette passion de l'ignorance qui aide à comprendre beaucoup d'attitudes[13]. Ce qui éloigne, ce qui oppose, c'est l'ignorance. Quand on ignore on construit des représentations arbitraires que l'on tient pour des vérités. C'est ce qui conduit à l'intolérance, à la peur de l'autre et au racisme. Il existe parfois un véritable racisme intellectuel à l'égard de champs de la pensée qu'on ignore ou que l'on croit connaître à travers quelques lectures superficielles. Cette passion de l'ignorance de ce que sait l'autre amène à nier la réalité et l'ignorance devient alors une entreprise totalitaire sur sa propre pensée et sur celle des autres.

Le poids considérable du discours neuroscientiste a contribué à disqualifier l'intérêt pour le psychisme et le psychisme lui-même. On a dépossédé l'homme de sa dimension humaine, chaque fois unique, pour le faire entrer dans l'ère du post-humain.

La médecine est un remarquable terrain d'application de cette situation. La psychiatrie aujourd'hui, du moins dans son secteur académique, est totalement alignée sur un modèle médical exclusif. La souffrance psychique n'existe plus. On ne parle que de maladies mentales. Pour certains, le médicament est devenu le recours unique sans prise en compte de la parole du sujet qui voudrait exprimer sa souffrance psychique et trouver quelques repères et du sens dans son histoire personnelle.

Le psychisme est tout entier tourné vers la signification, le but, l'intention. « Je voudrais comprendre », dit le sujet qui souffre. « Avale et tais-toi », dit le soignant gagné par le scientisme et qui ne sait plus entendre ce qu'il y a d'humain dans cette parole. Le psychisme prime le cerveau, même si l'existence du cerveau précède la construction du psychisme. Notre devenir biologique est tracé, pratiquement dès la naissance, mais notre avenir psychique nous appartient, au moins en partie.

Sommes-nous arrivés au stade où l'homme devra abandonner toute référence au psychisme et au sens pour aborder l'ère posthumaine, comme le soutient Eric Drexler ? L'humanisme est-il mort, comme l'affirme Peter Sloterdijk ? Eric Drexler, spécialiste des nanotechnnologies anime aux États-Unis le courant des « transhumanistes », annonçant le surhomme de demain qui ne sera plus nietzschéen mais nanotechnologique. Les promesses d'un bien-être matériel et spirituel universel, la régulation des centres du plaisir, la longévité infinie sans aucune pathologie sont des objectifs de programmes scientifiques aux États-Unis pris très au sérieux et lourdement financés. Jean-Luc Porquet dans un billet plein d'humour en trace un tableau cependant terrifiant[14]. Dans une interview à *Libération* en juin 2004, Corinne Bensimon interroge le biologiste Miroslav Radman, spécialiste de l'évolution et de la réparation de l'ADN, et dont les projets posent la question de l'« homme transgénique ». Il n'y a pas que le maïs et le colza qui doivent devenir des OGM ! On modifiera génétiquement l'homme pour résister au cancer, au sida... dans un premier temps. On passera ensuite aux choses sérieuses en associant les nanotechnologies, les biotechnologies et les progrès des sciences cognitives. Jean-Luc Porquet a raison. Le surhomme est pour demain. Alors, que deviendront le psychisme qui s'évertue à trouver du sens dans son existence, la parole pour créer de l'humain, la solidarité pour cultiver le partage ?... Tout cela apparaît un peu décalé. Lorsque Paul Ricœur publie un livre sur la reconnaissance dans tous ses aspects et qu'il décrit les processus de la reconnaissance de soi et de la reconnaissance mutuelle, il semble appartenir à une époque bien lointaine[15].

Où est le temps où Michel Foucault dans une formule magnifique nous disait l'essentiel de notre monde intérieur ? « En faisant du non-sens de la conscience le sens de l'inconscient, Freud a érigé le sens en dimension constitutive de ce que nous appelons le psychisme. »

Le psychisme est en danger. Ceux qui s'y intéressent et qui aident sa souffrance à s'exprimer sont malmenés. La parole est bâillonnée, mais l'espoir, c'est que ce qui est humain en l'homme pourra, par sa créativité, échapper à la naturalisation du psychisme. Il faut être capable, tous ensemble, de retrouver la parole perdue.

Car nous avons encore tant de choses à nous dire...

Notes

Avant-propos

1. Étienne Klein, *Les Tactiques de Chronos*, Paris, Flammarion, 2002.

CHAPITRE PREMIER
La souffrance psychique

1. Pierre Fédida, *Les Bienfaits de la dépression*, Paris, Odile Jacob, 2001.
2. Pascal-Henri Keller, *La Médecine psychosomatique en question*, Paris, Odile Jacob, 1997.
3. Marie-José Del Volgo, *L'Instant de dire*, Paris, Érès, 1997.
4. Sigmund Freud, *Métapsychologie*, Paris, Gallimard, 1968.
5. Marc-Louis Bourgeois, *Deuil normal, deuil pathologique*, Paris, Doin, 2003.
6. François Roustang, *La Fin de la plainte*, Paris, Odile Jacob, 2000.
7. Pascal-Henri Keller, *Médecine et Psychosomatique*, Paris, Flammarion, 2000.

CHAPITRE II
Naître

1. Georges Gusdorf, *La Parole*, Paris, PUF, 1998.

2. Gilbert Durand, *L'Imagination symbolique*, Paris, PUF, « Quadrige », 1998.

3. Alain Ehrenberg, *La Fatigue d'être soi. Dépression et société*, Paris, Odile Jacob, 1998.

4. Catherine Lutz, *La Dépression est-elle universelle ?*, Paris, Les Empêcheurs de penser en rond, 2004.

5. Pierre Bourdieu, *Ce que parler veut dire*, Paris, Fayard, 1982.

6. Roland Gori, *Logique des passions*, Paris, Denoël, 2002.

CHAPITRE III
Vivre

1. À ce stade, il convient de définir quelques termes. On appellera « comportement » les manières d'agir communes à tous les hommes et dont les ressorts se trouvent dans la physiologie du corps et dans les cognitions du cerveau. On réservera le nom de « conduite » à la manière particulière à chacun de diriger ses actions de façon consciente ou inconsciente à partir de l'activité psychique. La conduite correcte ou non peut être modulée qualitativement. Le comportement peut être simplement inhibé ou libéré, et c'est la conduite acquise qui, chez l'humain, prend le pas sur lui. Le comportement vient du corps et la conduite de la culture. C'est ainsi qu'on oppose les comportements sexuels à la conduite amoureuse. On entendra par « contexte » les circonstances dans lesquelles se développent les relations humaines intersubjectives. On pourra ainsi distinguer le contexte familial, conjugal, social. L'« environnement » désignera plus particulièrement l'ensemble des conditions naturelles et culturelles susceptibles d'agir sur les activités humaines. L'environnement est plus large que le contexte.

2. Alain Berthoz et Gérard Jorland, *L'Empathie*, Paris, Odile Jacob, 2004.

3. Jean-Claude Kaufmann, *L'Invention de soi*, Paris, Armand Colin, 2004.

4. Robert Neuburger, *Les Territoires de l'intime. L'individu, le couple, la famille*, Paris, Odile Jacob, 2000.

5. Céline Simonnet-Toussaint, *Étude des représentations véhiculées par le vin chez de jeunes adultes*, thèse de doctorat en psychologie, université de Bordeaux-II, 2004.

CHAPITRE IV
Donner

1. *Cliniques méditerranéennes*, « Passion, Amour, Transfert », Paris, Érès, 2003, n° 69.

2. Pascal-Henri Keller, « Traiter ou soigner la souffrance psychique », *Revue de psychologie de la motivation*, 2002, n° 34, p. 85-92.

3. *Revue de psychologie de la motivation*, « L'art d'aider », I, décembre 2002, n° 34 et II, juin 2003, n° 35.

4. Nicolas Duruz, « Quelle aide peut nous apporter une psychothérapie ? », *Revue de psychologie de la motivation*, 2003, n° 35, p. 22-29.

CHAPITRE V
Parler

1. Roland Gori, *La Preuve par la parole*, Paris, PUF, 1996.

2. Daniel N. Stern, « Intersubjectivité. À propos des liens entre expériences, mots et narrations », *Le Carnet psy*, décembre 2004-janvier 2005, n° 95, p. 31-40.

3. David Le Breton, *Du silence*, Paris, Métailié, 1997.

4. Pascal-Henri Keller, « Iatrogénie de la parole », *Le Concours médical*, 2004, n° 14, p. 780-783.

5. Édouard Zarifian, *La Force de guérir*, Paris, Odile Jacob, 1999.

6. Gustave-Nicolas Fischer, *Les Blessures psychiques*, Paris, Odile Jacob, 2003.

CHAPITRE VI
La science s'arrête aux portes de l'intime

1. Alain Berthoz et Gérard Jorland, *L'Empathie, op. cit.*

2. Alain Ehrenberg, *La Fatigue d'être soi, op. cit*. Voir aussi le dossier qu'il a dirigé dans la revue *Esprit*, « Les guerres du sujet », novembre 2004.

3. Deborah M. Barnes, « Psychiatrists psych out the future », *Science*, 1988, vol. 242, p. 1013-1014.

4. Marc Jeannerod, *La Nature de l'esprit*, Paris, Odile Jacob, 2002.

5. Catherine Vidal, « Des gènes de la morale », *Sciences et Avenir*, octobre-novembre 2003, hors série.

6. Yves Burnod, « Big brother et IRM », *Pour la Science*, mai 2000, n° 271.

7. Antonio Damasio, *L'Erreur de Descartes*, Paris, Odile Jacob, 1995.

8. Antonio Damasio, *Spinoza avait raison. Joie et tristesse, le cerveau des émotions*, Paris, Odile Jacob, 2003.

9. Dominique Simonnet, interview d'Antonio Damasio, *L'Express*, 7 juin 2004, p. 124-127.

10. Jacques Hochmann et Marc Jeannerod, *Esprit es-tu là ? Psychanalyse et neurosciences*, Paris, Odile Jacob, 1991.

11. Bianca et Bernard Lechevalier, *Le Corps et le Sens*, Genève, Delachaux et Niestlé, 1998.

12. François Ansermet et Pierre Magistretti, *À chacun son cerveau*, Paris, Odile Jacob, 2004.

13. Roland Gori, *Logique des passions*, *op. cit.*

14. Jean-Luc Porquet, « Qui frappe à la porte ? Le surhomme », *Le Canard enchaîné*, 16 juin 2004, p. 5.

15. Paul Ricœur, *Parcours de la reconnaissance*, Paris, Stock, 2004.

Table des matières

DANS LA COLLECTION « POCHES ODILE JACOB »

N° 1 : Aldo Naouri, *Les Filles et leurs mères*
N° 2 : Boris Cyrulnik, *Les Nourritures affectives*
N° 3 : Jean-Didier Vincent, *La Chair et le Diable*
N° 4 : Jean François Deniau, *Le Bureau des secrets perdus*
N° 5 : Stephen Hawking, *Trous noirs et Bébés univers*
N° 6 : Claude Hagège, *Le Souffle de la langue*
N° 7 : Claude Olievenstein, *Naissance de la vieillesse*
N° 8 : Édouard Zarifian, *Les Jardiniers de la folie*
N° 9 : Caroline Eliacheff, *À corps et à cris*
N° 10 : François Lelord, Christophe André, *Comment gérer les personnalités difficiles*
N° 11 : Jean-Pierre Changeux, Alain Connes, *Matière à pensée*
N° 12 : Yves Coppens, *Le Genou de Lucy*
N° 13 : Jacques Ruffié, *Le Sexe et la Mort*
N° 14 : François Roustang, *Comment faire rire un paranoïaque ?*
N° 15 : Jean-Claude Duplessy, Pierre Morel, *Gros Temps sur la planète*
N° 16 : François Jacob, *La Souris, la Mouche et l'Homme*
N° 17 : Marie-Frédérique Bacqué, *Le Deuil à vivre*
N° 18 : Gerald M. Edelman, *Biologie de la conscience*
N° 19 : Samuel P. Huntington, *Le Choc des civilisations*
N° 20 : Dan Kiley, *Le Syndrome de Peter Pan*
N° 21 : Willy Pasini, *À quoi sert le couple ?*
N° 22 : Françoise Héritier, Boris Cyrulnik, Aldo Naouri, *De l'inceste*
N° 23 : Tobie Nathan, *Psychanalyse païenne*
N° 24 : Raymond Aubrac, *Où la mémoire s'attarde*
N° 25 : Georges Charpak, Richard L. Garwin, *Feux follets et Champignons nucléaires*
N° 26 : Henry de Lumley, *L'Homme premier*
N° 27 : Alain Ehrenberg, *La Fatigue d'être soi*
N° 28 : Jean-Pierre Changeux, Paul Ricœur, *Ce qui nous fait penser*
N° 29 : André Brahic, *Enfants du Soleil*
N° 30 : David Ruelle, *Hasard et Chaos*
N° 31 : Claude Olievenstein, *Le Non-dit des émotions*
N° 32 : Édouard Zarifian, *Des paradis plein la tête*
N° 33 : Michel Jouvet, *Le Sommeil et le Rêve*
N° 34 : Jean-Baptiste de Foucauld, Denis Piveteau, *Une société en quête de sens*
N° 35 : Jean-Marie Bourre, *La Diététique du cerveau*
N° 36 : François Lelord, *Les Contes d'un psychiatre ordinaire*

N° 37 : Alain Braconnier, *Le Sexe des émotions*
N° 38 : Temple Grandin, *Ma vie d'autiste*
N° 39 : Philippe Taquet, *L'Empreinte des dinosaures*
N° 40 : Antonio R. Damasio, *L'Erreur de Descartes*
N° 41 : Édouard Zarifian, *La Force de guérir*
N° 42 : Yves Coppens, *Pré-ambules*
N° 43 : Claude Fischler, *L'Homnivore*
N° 44 : Brigitte Thévenot, Aldo Naouri, *Questions d'enfants*
N° 45 : Geneviève Delaisi de Parseval, Suzanne Lallemand, *L'Art d'accommoder les bébés*
N° 46 : François Mitterrand, Elie Wiesel, *Mémoire à deux voix*
N° 47 : François Mitterrand, *Mémoires interrompus*
N° 48 : François Mitterrand, *De l'Allemagne, de la France*
N° 49 : Caroline Eliacheff, *Vies privées*
N° 50 : Tobie Nathan, *L'Influence qui guérit*
N° 51 : Éric Albert, Alain Braconnier, *Tout est dans la tête*
N° 52 : Judith Rapoport, *Le Garçon qui n'arrêtait pas de se laver*
N° 53 : Michel Cassé, *Du vide et de la création*
N° 54 : Ilya Prigogine, *La Fin des certitudes*
N° 55 : Ginette Raimbault, Caroline Eliacheff, *Les Indomptables*
N° 56 : Marc Abélès, *Un ethnologue à l'Assemblée*
N° 57 : Alicia Lieberman, *La Vie émotionnelle du tout-petit*
N° 58 : Robert Dantzer, *L'Illusion psychosomatique*
N° 59 : Marie-Jo Bonnet, *Les Relations amoureuses entre les femmes*
N° 60 : Irène Théry, *Le Démariage*
N° 61 : Claude Lévi-Strauss, Didier Éribon, *De près et de loin*
N° 62 : François Roustang, *La Fin de la plainte*
N° 63 : Luc Ferry, Jean-Didier Vincent, *Qu'est-ce que l'homme ?*
N° 64 : Aldo Naouri, *Parier sur l'enfant*
N° 65 : Robert Rochefort, *La Société des consommateurs*
N° 66 : John Cleese, Robin Skynner, *Comment être un névrosé heureux*
N° 67 : Boris Cyrulnik, *L'Ensorcellement du monde*
N° 68 : Darian Leader, *À quoi penses-tu ?*
N° 69 : Georges Duby, *L'Histoire continue*
N° 70 : David Lepoutre, *Cœur de banlieue*
N° 71 : Université de tous les savoirs 1, *La Géographie et la Démographie*
N° 72 : Université de tous les savoirs 2, *L'Histoire, la Sociologie et l'Anthropologie*
N° 73 : Université de tous les savoirs 3, *L'Économie, le Travail, l'Entreprise*

N° 74 : Christophe André, François Lelord, *L'Estime de soi*
N° 75 : Université de tous les savoirs 4, *La Vie*
N° 76 : Université de tous les savoirs 5, *Le Cerveau, le Langage, le Sens*
N° 77 : Université de tous les savoirs 6, *La Nature et les Risques*
N° 78 : Boris Cyrulnik, *Un merveilleux malheur*
N° 79 : Université de tous les savoirs 7, *Les Technologies*
N° 80 : Université de tous les savoirs 8, *L'Individu dans la société d'aujourd'hui*
N° 81 : Université de tous les savoirs 9, *Le Pouvoir, L'État, la Politique*
N° 82 : Jean-Didier Vincent, *Biologie des passions*
N° 83 : Université de tous les savoirs 10, *Les Maladies et la Médecine*
N° 84 : Université de tous les savoirs 11, *La Philosophie et l'Éthique*
N° 85 : Université de tous les savoirs 12, *La Société et les Relations sociales*
N° 86 : Roger-Pol Droit, *La Compagnie des philosophes*
N° 87 : Université de tous les savoirs 13, *Les Mathématiques*
N° 88 : Université de tous les savoirs 14, *L'Univers*
N° 89 : Université de tous les savoirs 15, *Le Globe*
N° 90 : Jean-Pierre Changeux, *Raison et Plaisir*
N° 91 : Antonio R. Damasio, *Le Sentiment même de soi*
N° 92 : Université de tous les savoirs 16, *La Physique et les Éléments*
N° 93 : Université de tous les savoirs 17, *Les États de la matière*
N° 94 : Université de tous les savoirs 18, *La Chimie*
N° 95 : Claude Olievenstein, *L'Homme parano*
N° 96 : Université de tous les savoirs 19, *Géopolitique et Mondialisation*
N° 97 : Université de tous les savoirs 20, *L'Art et la Culture*
N° 98 : Claude Hagège, *Halte à la mort des langues*
N° 99 : Jean-Denis Bredin, Thierry Lévy, *Convaincre*
N° 100 : Willy Pasini, *La Force du désir*
N° 101 : Jacques Fricker, *Maigrir en grande forme*
N° 102 : Nicolas Offenstadt, *Les Fusillés de la Grande Guerre*
N° 103 : Catherine Reverzy, *Femmes d'aventure*
N° 104 : Willy Pasini, *Les Casse-pieds*
N° 105 : Roger-Pol Droit, *101 Expériences de philosophie quotidienne*
N° 106 : Jean-Marie Bourre, *La Diététique de la performance*
N° 107 : Jean Cottraux, *La Répétition des scénarios de vie*
N° 108 : Christophe André, Patrice Légeron, *La Peur des autres*
N° 109 : Amartya Sen, *Un nouveau modèle économique*
N° 110 : John D. Barrow, *Pourquoi le monde est-il mathématique ?*

N° 111 : Richard Dawkins, *Le Gène égoïste*
N° 112 : Pierre Fédida, *Des bienfaits de la dépression*
N° 113 : Patrick Légeron, *Le Stress au travail*
N° 114 : François Lelord, Christophe André, *La Force des émotions*
N° 115 : Marc Ferro, *Histoire de France*
N° 116 : Stanislas Dehaene, *La Bosse des maths*
N° 117 : Willy Pasini, Donato Francescato, *Le Courage de changer*
N° 118 : François Heisbourg, *Hyperterrorisme : la nouvelle guerre*
N° 119 : Marc Ferro, *Le Choc de l'Islam*
N° 120 : Régis Debray, *Dieu, un itinéraire*
N° 121 : Georges Charpak, Henri Broch, *Devenez sorciers, devenez savants*
N° 122 : René Frydman, *Dieu, la Médecine et l'Embryon*
N° 123 : Philippe Brenot, *Inventer le couple*
N° 124 : Jean Le Camus, *Le Vrai Rôle du père*
N° 125 : Elisabeth Badinter, *XY*
N° 126 : Elisabeth Badinter, *L'Un est l'Autre*
N° 127 : Laurent Cohen-Tanugi, *L'Europe et l'Amérique au seuil du XXIe siècle*
N° 128 : Aldo Naouri, *Réponses de pédiatre*
N° 129 : Jean-Pierre Changeux, *L'Homme de vérité*
N° 130 : Nicole Jeammet, *Les Violences morales*
N° 131 : Robert Neuburger, *Nouveaux Couples*
N° 132 : Boris Cyrulnik, *Les Vilains Petits Canards*
N° 133 : Christophe André, *Vivre heureux*
N° 134 : François Lelord, *Le Voyage d'Hector*
N° 135 : Alain Braconnier, *Petit ou grand anxieux ?*
N° 136 : Juan Luis Arsuaga, *Le Collier de Néandertal*
N° 137 : Daniel Sibony, *Don de soi ou partage de soi*
N° 138 : Claude Hagège, *L'Enfant aux deux langues*
N° 139 : Roger-Pol Droit, *Dernières Nouvelles des choses*
N° 140 : Willy Pasini, *Être sûr de soi*
N° 141 : Massimo Piattelli Palmarini, *Le Goût des études ou comment l'acquérir*
N° 142 : Michel Godet, *Le Choc de 2006*
N° 143 : Gérard Chaliand, Sophie Mousset, *2 000 ans de chrétientés*
N° 145 : Christian De Duve, *À l'écoute du vivant*
N° 146 : Didier Pleux, *De l'enfant roi à l'enfant tyran*

N° 147 : Robert Rochefort, *Vive le papy-boom*
N° 148 : Dominique Desanti, Jean-Toussaint Desanti, *La liberté nous aime encore*
N° 149 : François Roustang, *Il suffit d'un geste*
N° 150 : Howard Buten, *Il y a quelqu'un là-dedans*
N° 151 : Catherine Clément, Tobie Nathan, *Le Divan et le Grigri*
N° 152 : Antonio R. Damasio, *Spinoza avait raison*
N° 153 : Bénédicte de Boysson-Bardies, *Comment la parole vient aux enfants*
N° 154 : Michel Schneider, *Big Mother*
N° 155 : Willy Pasini, *Le Temps d'aimer*
N° 156 : Jean-François Amadieu, *Le Poids des apparences*
N° 157 : Jean Cottraux, *Les Ennemis intérieurs*
N° 158 : Bill Clinton, *Ma Vie*
N° 159 : Marc Jeannerod, *Le Cerveau intime*
N° 160 : David Khayat, *Les Chemins de l'espoir*
N° 161 : Jean Daniel, *La Prison juive*
N° 162 : Marie-Christine Hardy-Baylé, Patrick Hardy, *Maniaco-dépressif*
N° 163 : Boris Cyrulnik, *Le Murmure des fantômes*
N° 164 : Georges Charpak, Roland Omnès, *Soyez savants, devenez prophètes*
N° 165 : Aldo Naouri, *Les Pères et les Mères*
N° 166 : Christophe André, *Psychologie de la peur*
N° 167 : Alain Peyrefitte, *La Société de confiance*
N° 168 : François Ladame, *Les Éternels Adolescents*
N° 169 : Didier Pleux, *De l'enfant roi à l'enfant tyran*
N° 170 : Robert Axelrod, *Comment réussir dans un monde d'égoïstes*
N° 171 : François Millet-Bartoli, *La Crise du milieu de la vie*
N° 172 : Hubert Montagner, *L'Attachement*
N° 173 : Jean-Marie Bourre, *La Nouvelle Diététique du cerveau*
N° 174 : Willy Pasini, *La Jalousie*
N° 175 : Frédéric Fanget, *Oser*
N° 176 : Lucy Vincent, *Comment devient-on amoureux ?*
N° 177 : Jacques Melher, Emmanuel Dupoux, *Naître humain*
N° 178 : Gérard Apfeldorfer, *Les Relations durables*
N° 179 : Bernard Lechevalier, *Le Cerveau de Mozart*
N° 180 : Stella Baruk, *Quelles mathématiques pour l'école ?*

N° 181 : Patrick Lemoine, *Le Mystère du placebo*
N° 182 : Boris Cyrulnik, *Parler d'amour au bord du gouffre*
N° 183 : Alain Braconnier, *Mère et Fils*
N° 184 : Jean-Claude Carrière, *Einstein, s'il vous plaît*
N° 185 : Aldo Naouri, Sylvie Angel, Philippe Gutton, *Les Mères juives*
N° 186 : Jean-Marie Bourre, *La Vérité sur les oméga-3*
N° 187 : Édouard Zarifian, *Le Goût de vivre*

Imprimé en France sur Presse Offset par

CPI
Brodard & Taupin

La Flèche (Sarthe), le 19-03-2007
N° d'impression : 40347
N° d'édition : 7381-1907-X
Dépôt légal : mai 2007

Imprimé en France